講談社文庫

100万分の1回のねこ

江國香織　ほか

講談社

100万分の1回のねこ　目次

本文イラスト／広瀬　弦

——絵本『100万回生きたねこ』と佐野洋子さんに愛をこめて

１００万分の１回のねこ

生きる気まんまんだった女の子の話

江國香織

ここにはほんとうのことがかいてあり、ほんとうのことをかいたりしてもいいのだと、私は衝撃を受けました。ほんとうのことをこわがるようではニセモノだ、と、私は自分を叱咤しました。

江國香織（えくに・かおり）

一九六四年東京都生まれ。九二年『きらきらひかる』で紫式部文学賞、二〇〇二年『泳ぐのに、安全でも適切でもありません』で山本周五郎賞、〇四年『号泣する準備はできていた』で直木賞、一〇年『真昼なのに昏い部屋』で中央公論文芸賞、一二年「犬とハモニカ」で川端康成文学賞、『ヤモリ、カエル、シジミチョウ』で谷崎潤一郎賞受賞。ほかに『東京タワー』『がらくた』『抱擁、あるいはライスには塩を』『なかなか暮れない夏の夕暮れ』など著書多数。

その女の子は物心がつく前に両親を亡くし、叔母《おば》さん夫妻にひきとられました。叔母さん夫妻には子供がいませんでしたが、猫を一匹飼っていましたので、その猫が、女の子にとって唯一の、遊び相手で話し相手でした。

たいていの昔話では、継母《ままはは》や継父は意地悪だったり欲の皮がつっぱっていたりするもの（あるいは、片方だけが意地悪で、もう片方はそうでもないのに気が弱く、意地悪な方の言いなりになってしまうもの）と相場が決っていますが、これは昔話ではありません。ときは現代なのです。女の子の叔母さんも叔父さんも、深い愛情を持って、大切に女の子を育てました。

この夫婦は共働きで、叔父さんは長距離トラックの運転手をし、叔母さんは花屋の経営をしていました。もともとは姉妹で始めた花屋だったのですが、姉――というのは女の子の母親です――が急逝《きゅうせい》し、一人で切り回すよりなくなったのです。彼女はそれを、立派にやってのけました。冷静な女性でしたし、植物について熟知していたのみならず、お客が花屋に何を望むか、何を望まないかも心得ていましたから、店には、ここならば信用できると思ってくれるいいお客がつき、繁盛とは言わないまでも、そこそこ利益をあげていました。店は都心の一等地にあるビルの一階で、狭いけれど天井が高く、角地なので二方がガラス張りでした。冬はやや寒いのですが、夏は冷房がきいていて涼しく、植物の生気がいつも濃く立ち込めているそこで、女の子はたくさんの時間を過ごしました。実際、そこで育ったと言っても過言ではないのです。赤ん坊のころには揺りかごに入れられ、毎朝叔母さんと一緒に配達用のヴァンで出勤していたのですし、すこし大きくなると、バケツに残った花の数を数えたり、ラッピング用の紐《ひも》やりぼんの切れ端を、集めて編んで遊んだりしました。叔母さんは女の子に、たくさんの植物の名前を教えました。これは水仙、これはフリージア、これは萩、これは吾亦紅《われもこう》。この薔薇《ばら》はマレーラ、この薔薇はジュリア。これは芍薬《しゃくやく》、これはダリア、これは紫陽花《あじさい》、これはトルコ桔梗《ききょう》。

小学校にあがると、女の子は店で宿題をしながら午後を過ごし、叔母さんの仕事が終るのを待って一緒に帰りましたし、中学生になってからは、水揚げや接客の手伝いもしました。そして、女の子がそこにいるときにはいつも、猫もそこにいるのでした。

天井が高く、植物だらけで全体に緑の、ひんやりした匂いのするその場所が、女の子は気に入っていました。とくに雨の日は素敵で、水滴のびっしりついたガラスごしに、大通りを往き交う車や傘をさした人々、滲《にじ》んで輝く信号の色を飽かず眺めたものでした。

そんなふうでしたから、両親を早くに亡くしたとはいえ、女の子は幸せでした。そして、でも、それにもかかわらず女の子は叔母さんがあまり好きではありませんでした。すくなくとも本人はそう言っていました。誰にかといえば、勿論《もちろん》猫にです。

「そりゃあ叔母さんはいいひとよ。尊敬してるし、感謝もしてる。でもね、どうしたって、好きになるわけにはいかないの」

女の子は、そばに誰もいないときにだけ、とても小さい声で猫に話しかけていましたから、女の子の考えていることは、猫以外の誰も知りませんでした。

「あたし、あんたのこともあまり好きじゃないわ」

女の子はそうも言いました。

「だって、誰かをコッコロから好きになっちゃったりしたら身の破滅だもの。孤独が大事なの。知ってるでしょう？　百万回も死んで、百万回も生きた立派なトラ猫の話を。あの猫は、王様のことも船乗りのことも、おばあさんのことも子供のことも、好きにならなかったからあんなに何度も生きられたのよ」

女の子は、生きる気まんまんなのでした。

ところで、長距離トラックの運転手である叔父さんも、女の子を自分の仕事場に、ときどき連れて行きました。仕事場というのは三トントラックの運転台であり、日本中の道路の上です。女の子は、赤ん坊のころには揺りかごごと、すこし大きくなってからは身体ひとつで、助手席に乗りました。猫も一緒にです（叔父さんは、一人と一匹をまとめて「うちの子供たち」と呼び、仕事仲間や、行く先々で出会う人に、紹介したがるのでした）。それは旅で、移動でした。道も、窓の外の景色も、どんどん通り過ぎて行きます。叔父さんと女の子はドライブインで休憩をとり、お腹がすいていれば食事もしました（猫のごはんは家から持ってきたキャットフードでしたが、それでも一緒に車から降ろし、用を足させ、水をのませました。それに、叔母さんには内緒でしたが、海辺の町ではときどき、さかな一ぴきなまのまま、買って食べさせたりもしました）。叔父さんは夜じゅう運転を続けましたが、女の子は夜になれば寝ました。猫は、夜でも昼でも寝たいときに寝ました。

小学校にあがってからは、春休みや夏休み、冬休みといった特別なときにしか叔父さんについて行かれなくなりましたが、それでも、女の子は同じ年ごろの他の子供たちにくらべて、ずっとたくさんの土地を旅し、ずっとたくさんの風に吹かれて、ずっとたくさんの物を見ました。それはほんとうにわくわくすることでした。

叔父さんの運ぶ荷物は、そのときどきで違いました。食料品だったり工業製品だったり、建築資材だったり。行き先も様々でしたが、叔父さんはいいドライバーで、注意深く運転してくれましたから、女の子はいつも安心していられました。トラックにはラジオがついていましたから、お喋りに飽きたときや、飽きたわけではないけれどなんとなく黙っていたいときには、音楽を聴いていればいいのでした。叔父さんは、ラジオから流れる曲の名前や歌手の名前、通り過ぎる土地のことや道路標識の意味などを、いろいろ教えてくれました。これは矢沢永吉、これはハウンド・ドッグ。これはルー・リード、これはウテ・レンパー。兵庫の県庁所在地は神戸。岩手の県庁所在地は盛岡。岡山はマスカットの名産地。この曲は「ホテル・カリフォルニア」、この曲は「有楽町で逢いましょう」。インターチェンジというのは高速道路の出入口のこと、青地に白い川みたいなしるしは指定方向外進行禁止。

叔父さんが走るのはほとんど高速道路でしたが、女の子は高速道路というものが気に入っていました。料金所のあることがおもしろいですし、道がまっすぐにのびていて気持ちがいいからです。助手席に坐った女の子は、晴れた日には遠くまで続く青空を眺め、雨の日にはフロントガラス一杯に動く、へんな音のするワイパーを眺めました。渋滞のなか、夜中にふと目をさまして、赤く連なるテールランプの列をぼんやり眺めるのも、安らかな時間でした。

そして、でも、トラックがついに高速道路をおりると、女の子は嬉々として窓をあけ、知らない町の匂いをかぐのでした。

「あ、海」

とか、

「工場」

とか、目にとびこんでくるものを言葉にしてならべることが、女の子は好きでした。

「あ、犬」

とか、

「またラーメン屋さん」

とか。叔母さんのおかげですっかり植物にくわしくなっていましたから、

「あ、エニシダ」

と言うことも、

「アカシア・からたち・麦畑」

と言うこともできました。知らない土地でもまた、女の子は幸福でした。生きるってすばらしいわ。そう思っていました。だから何度でも何度でも生れ変りたいのでした。

「そりゃあ叔父さんはいいひとよ」

たとえば目的地の倉庫に着いて、叔父さんがそこの人と仕事の話をしているときに、女の子は猫に言います。

「でもね、どうしたって好きになるわけにはいかないわ。誰かをコッコロから好きになったりしたら、身の破滅、一巻の終りだもの」

女の子は、生きる気まんまんなのでした。猫は返事のかわりに喉《のど》を鳴らして、小さな頭を女の子の足に、ぐりぐりこすりつけます。猫は、兄妹みたいにして育ったこの女の子が大好きでした。叔父さんのことも叔母さんのことも大好きでしたし、ときどきもらう、さかな一ぴきなまのままも大好きでした。

さて、月日は流れ、女の子は若い娘になりました。植物と地理と音楽にくわしく、意志が強く気骨《きこつ》があって、おまけにきれいな娘になりましたから、男のひとたちが次々に近づいてきました。手紙をくれたり、映画や食事に誘ってくれたり、歌を歌ってくれたり、荷物を持ってくれたり、オートバイに乗せてくれたりしました。じっと目を見つめられたり、ほめそやされたり、いきなりキスをされたりもしました。でも、意志が強く気骨のある若い娘である女の子は、誰にも心を動かされませんでしたし、誰の恋人にもなりませんでした。

「あり得ないわね」

猫を膝に抱いて言います。

「知らない人を好きになるくらいなら、叔父さんや叔母さん、それにあんたを、とっくに好きになってるわ」

女の子の膝の上で、猫は四本の足をのばして、ながながとのびをしました。

女の子はそうとうな読書家でしたから、恋というのが人を狂わせるものだということを、経験せずとも知っていました。そんな危険なものには、近寄らないのがいちばんです。そこで、恋はとばして、結婚しようと決めました。自分が絶対に好きになれないと思う男のひととです。叔母さんゆずりの冷静さと、叔父さんゆずりの注意深さを遺憾《いかん》なく発揮して、女の子は、完璧な男のひとを見つけます。ぞっとするような顔つきの、うんざりするような性格――怠惰で卑屈で小心でいばり屋――の男性で、おまけに無職でした。叔父さん（「苦労するのは目に見えている」）も、叔母さん（「どこがいいのかわからないわ」）も反対しましたが、女の子は、断固このひとと結婚すると、言い張りました。

これであたしの孤独は安泰だわ。

そして、そう思うのでした。

叔父さんの予言したとおり、結婚生活は初めから苦労の連続でした。怠惰で卑屈で小心でいばり屋の夫は、お酒のみで病弱であまったれでもあったのです。女の子は、夫の何もかもが気に入りませんでした。朝しか歯を磨かないところも、夜中に物音がすると女の子にしがみつくところも、大きないびきをかくところも、すぐに寝込むところ（しかも、半分くらいは仮病《けびょう》でした）も、あれをしろ、これをしろと命令ばかりするところも。その上、無職ですから一日じゅう家にいるのです。女の子は叔母さんの花屋で働きながら（叔母さんは、女の子を共同経営者にしてくれました）、家事をぜんぶ一人でこなし、手のかかる夫のめんどうをみなくてはなりませんでした。

「もう、くたくたよ」

女の子は、顔を合せるたびに、猫にそう文句を言いました。

「あのひとったら、一人じゃなんにもできないんだから」

実際、夫となった男のひとの手のかかりようは大したもので、たとえば毎朝十回も起こさないと起きないのに、目玉焼きが冷めていると怒ります。みかんは皮をむいてあげないとたべませんし、ブドウは皮をむいて種をとらないとたべません。脱いだ服は脱ぎっぱなしですし、読んだ本はひらきっぱなし、あけたひきだしはあけっぱなしで、トイレのドアも自分では閉めないので、女の子が閉めてやらなくてはなりません。お風呂の温度に敏感なので、入るときにはいつもそばにいて、水でうめたりお湯を足したりする必要がありました。おまけに電話にはでないし、玄関に人がきても、自分では絶対に腰をあげません。

「びっくりしちゃう」

女の子は言いました。けれど夫に直接文句を言うことは、決してしませんでした。かわりに、女の子は子供たち（たて続けに三人生れました）に文句を言いました。幸い、うまれてきた子どもはみんな父親にそっくりでしたから、文句には事欠きませんでした。寝る前には歯を磨きなさいとか、電話が鳴ったらでてちょうだいとか、薄着でいると風邪をひきますよとか、あけたひきだしは閉めなさいとか、テレビはいいかげんにしなさいとか、食事のときに、テーブルに肘《ひじ》をついてはいけませんとか。

そうしているうちに、まず猫が、次に叔父さんが、その次に叔母さんが亡くなりました。女の子にはわかっていたことですが、この世で誰かを心底愛した叔母さんも叔父さんも猫も、生れ変ってはきませんでした。

女の子は喪服《もふく》を着て、それぞれの死を悼《いた》みましたが、泣きはしませんでした。花屋の経営者であり、三人の子供の母親であり、手のかかる夫の妻である女の子には、泣いている暇などなかったのです。

ところで、いまや中年女性となった女の子は、いまでも美しさを保っていました。それで、中年男性たちがときどき、映画や食事に誘ってくれたり、荷物を持ってくれたり、花やチョコレートを贈ってくれたり、甘い言葉を囁《ささや》いてくれたりしました。

「あり得ないわね」

女の子は、死んでしまった猫に、心のなかで言います。

「もし誰かを好きになってしまったら、これまでの努力が水の泡だもの」

月日が流れ、子供たちは、それぞれ医者と教師とコンピュータ・プログラマーとなり、家をでて行きました。女の子の夫はあいかわらず無職で、怠惰で卑屈で小心でいばり屋（でお酒のみで病弱であまったれ）のままでしたが、もう妻にあれこれ命令したりはしませんでした。命令しなくても、妻がすっかりやってしまうからです。いつのまにか、そういうことになっていました。

老女となった女の子は、ときどき三トントラックの助手席から見た青空を思いだします。道がどこまでも続いていて、どこまでも行かれると思ったこと、どこまでも行きたいと思ったことを。

手のかかる夫が亡くなると、女の子は、初めて思うさま泣きました。散らかすひともいびきをかくひともいなくなった家のなかはがらんとして、自分までからっぽになったようでした。女の子はゴウゴウと声を立て、思うさま泣きました。好きだと思ったことのない夫に、会いたくてたまりませんでした。

女の子は、毎日お墓参りに行って、花を供えました。

「これはデルフィニウムよ」

「これはクレマティス」

死んだ父親もやがて死ぬ母親も二度と生きかえらないことが、医者と教師とコンピュータ・プログラマーになった子供たちには、ちゃんとわかっていました。

竹

岩瀬成子

100万回も平気で孤独を生きたのに、愛が猫を滅ぼしてしまった。愛は恐ろしい。うちの猫に「あんた、50万回くらい生きたの」と訊いてみたが、知らんぷりしている。案外60万回くらい生きているのかもしれない。

岩瀬成子（いわせ・じょうこ）

一九五〇年山口県生まれ。七八年『朝はだんだん見えてくる』で日本児童文学者協会新人賞、九二年『「うそじゃないよ」と谷川くんはいった』で小学館文学賞、九五年『ステゴザウルス』と『迷い鳥とぶ』で路傍の石文学賞、二〇〇八年『そのぬくもりはきえない』で日本児童文学者協会賞、一四年『あたらしい子がきて』で野間児童文芸賞、一五年『きみは知らないほうがいい』で産経児童出版文化賞・大賞受賞。他の著書に『マルの背中』『地図を広げて』など多数。

竹《たけ》が帰ってこない。

そう言ったのは姉だった。姉はわたしのほうに顔を向け、「今日、竹を見た？」と訊《き》いた。けわしい顔をしている。

えーと、と考える。竹はうちで飼っている雄猫だ。

「見てないよ」と答えながら、いつから見てないかなあと考える。ゆうべも見ていない。何日か前、ストーブの前でお腹を上に向けて寝ていた。まるで誰かを呼び止めるみたいに、片方の手を宙に突き出して眠っていた。で、そのあと、と考える。見なかった、気がする。

うん。姉は腕組みしてストーブの前に立ち、じっと赤い燃焼筒を見つめている。

わたしはこのところ、考えてみると、竹にぜんぜん注意を払っていなかった。そういうことに気をまわす余裕が脳になかった。寺山《てらやま》くんのことばかり、気がつけば思っていた、この何日か。

「三日も帰ってきてないんだ」

姉はけわしい顔でまたわたしをふり向き、「探してくる」と、部屋を出ていった。

夜の十一時を過ぎている。

玄関ドアが閉まる音が聞こえた。

「姉さん外に行ったよ」

わたしもついて行くべきかなと思いながら母に言うと、

「大丈夫。小学生は行かなくていい」と母は答えた。

そしてグラスをテーブルに置いた。グラスの中の氷がチリンと鳴った。グラスに入っているのはウイスキー。母は夜はお酒を飲む。黙って飲んでいることもあるが、すごくおしゃべりになることもある。テレビタレントの悪口を言ったり、政治家をバカ呼ばわりしたり、だいたい学校ってとこはさあ、などと言ったりもする。「さあ?」とわたしは語尾が気にかかる。それは東京弁の真似ですか、と思う。学校でも女の子たちの中には「さあ」をつけたがる人がいる。「つまらんけえさあ」とか「じゃけえさあ」とか。おっと、とわたしは思う。ときどき石につまずくみたいに思う。

でも、そんなことは今はどうでもよくなっている。寺山くんのことで脳が一杯なので。寺山くん、と思うと、それだけで首の後ろが熱くなる。寺山くんは二週間前に隣りのクラスに転校してきた人だ。頭一つほかの子より背が高く、肉付きもいい寺山くんを見て、体格のいい人だなと思った。それだけだった。四日前までは。

四日前、家の前の坂道をおりていると、後ろから自転車で来た寺山くんがわたしを追いこしていった。黒のボーダー柄のセーターに白いスカーフを巻いた寺山くんはスピードを落とすことなくわたしの横を通り過ぎていきながら「おれ、わかってたんだよ、イエイ」と言った。自転車を漕《こ》ぎながらひとり言を言ってたんだと思う。けれどそれは、わたしの耳元で囁いたみたいに聞こえた。

「イエイ」は耳の穴から体に入って、心臓に届いた。心臓はびっくりするくらい大きく「どっきん」とした。

寺山くんがあと十キロ痩《や》せれば、と、そのあと寺山くんを見かけるたびに思った。きっと寺山くんはすごくハンサムだ。でも、わたしは寺山くんに痩せてほしくない。寺山くんが痩せると、寺山くんに引き寄せられる人がきっとほかにも出てくる。寺山くんのきれいな顔に気づいているのはわたしだけ、と思うと、自然に笑えてくる。

家の外からは「たけえ、たけえ」と声が聞こえている。救急車の音がしだいに大きく聞こえてきてその声にまじる。救急車は坂の上の国立病院に向かっているのだ。姉の声は近づいてきて、それからまた遠ざかる。家の周囲をぐるぐると回っているらし

い。暗がりを覗き込んだりしているのかもしれない。悲しそうな声だ。と思っていると、

「たけっ」姉は突然怒鳴った。

竹は近田《ちかだ》に狙われていると、このところ姉は心配していた。

近田のおじさんが朝七時頃うちに来たのは、二か月ほど前の、雨が何日か続いた後だった。

玄関に出たのは朝ご飯を作っていた姉だった。母は夜中までお酒を飲んだり煙草《たばこ》を吸ったりしているので、朝は起きない。姉が朝ご飯を作るようになったのは、わたしが三年生のときで、そのとき姉はまだ小六だった。

母の作る朝ご飯はマーマレードを塗ったパンと牛乳だけれど、姉は味噌汁と卵焼きを作る。納豆もつける。

姉は玄関から戻ると、そのまま母を起こしに行った。

だれ？　と台所に再び戻ってきた姉に訊くと、姉は「近田」と、おじさんを呼び捨てにした。しゃもじを濡らしながら「竹が近田の外車を傷つけたって」と言い、炊飯器の蓋《ふた》をあけながら「全塗装するお金を負担しろって」と言い、茶碗にご飯をよそっ

て渡してくれながら「子どもじゃ話にならないから親を呼べって」と言って、わたしを睨《にら》んだ。

パジャマの上だけセーターに着替えた母がのっそり玄関に出ていった。わたしは母について玄関に行き、あとから姉も来た。

「お宅の猫が車に泥足であがってんだよ。それをずっと我慢してたんだがね。こんだあ屋根に傷をつけた、爪で」

おじさんはうっすら笑いながら、掌《てのひら》で顎鬚《あごひげ》をこすった。

「で？」と母は言った。

「だから、それについちゃあ弁償してほしいってことをね、言いに来たんですよ。当たり前の話だ」

「いいえ、ぜんぜん」と母は言った。「猫は車の屋根を傷つけたりしません。うちの車の上でいつも寝てるけど、傷なんか一筋もつけてないもの」

母は両手を腰にあて、頭を一回振った。母はショートヘアなので髪は揺れない。

「あん」おじさんは唸《うな》った。「全塗装五十万、下手すりゃ六十万かかる」

「竹がやったっていう証拠がないでしょう」

「飼い主の責任じゃろ。猫を放し飼いにしてええと思っちょるんか。他人に迷惑かけて平気なんか。あん」

「あらら。うちはそんなお金、出しませんよ。きっぱりお断わりします。だいたい猫を放し飼いして何が悪いの。どこに問題があるのかしら。猫はどこへでも行きたいところへ行くの。そういうもんです。昔からそうと決まってるんです」

母は方言抜きでまくしたてた。

「開き直りかね。じゃあな、言うちょくよ。こんどうちに来たら、猫、捕るよ。保健所に持っていく」

おじさんは吐き捨てると、玄関を出ていった。ばたんとドアが閉まった。

「そねえなこと、許さんよ」母はドアに怒鳴った。

竹はそのあとも近田のカーポートに行っていたのだろうか。あそこを通り道にしていたのかもしれない。岡山に単身赴任している父から電話がかかってきたとき、そのことを話すと、「穏便《おんびん》にって。母さんに」と父は言った。「近所だからって。喧嘩《けんか》するなって」

母さんに替わろうか、と言うと、父は「いい、いい。そう言っといて」と返事した。父が電話してくるのはいつもわたしの携帯だ。元気か、変わりはないか、父さんは元気だ、というのが主な内容だ。大学の先生をしている父はめったに家に帰ってこない。

　姉が外から帰ってきた。

「竹、おらんよ。呼んでも出てこんし、やっぱり近田に捕られたのかもしれん」

　それから姉は居間のソファの前に、ソファのほうを向いて座った。両手で顔を覆うとソファの座面につっぷした。おっ、おっ、おっ。姉は泣きだした。


　学校から帰ると、ソファに母が横たわっていた。だらんと手を床にたらして。姉はきっとまだ帰っていないだろうな、と思いながら姉の部屋をのぞくと、姉はベッドの中にいた。毛布をきちんと首まであげて、上向いて目を閉じている。なんだ、ふたりとも死んじゃってるじゃん。わたし、死体を二つも処理できないし、と思う。父に電話して、ふたりとも死んじゃったよと言ったら、父はまた「穏便に」って言うのかな。そしたらわたし、穏便に一人ずつの死体を風呂場でごりごりと切り刻むのかなあ。怖いなあ。

　姉が目をあけた。

「なに、見てんのさ」と、わたしを見た。

「死んでるのかと思った」

「それどころじゃないよ」と、姉はぱっと毛布をはねのけるとベッドから出た。姉はジャージーの上下を着込んでいた。

「母さんが焼酎《しょうちゅう》飲んで潰《つぶ》れちゃったから、あんたが帰ってくるのを待ってた。竹を探しに行ってくる」

姉は部屋を出ていった。

「保健所に電話は？」わたしはその背中に訊いた。

「した」と、姉はふり返った。けわしい顔をしている。「猫はここんとこ連れ込まれちょらんって。市役所にも電話した。猫は来ちょらんって」

姉はスニーカーを履《は》いた。

「どこへ」

「あっちこっち。あらゆる場所。近田がどこかへ捨てたに決まっちょる」と言い、姉は出ていった。居間の窓から、姉が自転車を漕いでいく後ろ姿が見えた。

「母さん、なんで酔っぱらってるの。まだ四時じゃん」

ソファの横に立って、わたしは言った。

母はぱちりと目をあけた。「起きちょる」と母は言い、体を起こして「考え事をしてただけ」と嘘を言った。

「晩ご飯、作れる？　姉さんは竹を探しにいっちゃったよ。わたしもこれから行ってくるから、ねえ、起きてちゃんと晩ご飯作ってよ」

「もちろん」と、母は手で目をこすった。「透《とおる》さんがね、九州から辛子《からし》蓮根《れんこん》を送ってくれたから。辛子蓮根と言えばやはり焼酎じゃろ」

母の前のテーブルに空のお皿とグラスがあった。

「父さん、どうして九州に？」

「どうせガッカイとかに決まってる」よっこらしょ、と母は立ちあがり、頭を一回振った。髪は揺れない。

「狭いところに閉じ込められた夢を見てたんよ、今」

母はお皿とグラスを持って台所へ行きながら言った。母の夢の話はだらだらと長い。わたしは「いってきまーす」と玄関に向かった。

家を出ると、学校へ行くのと逆の方向へ歩いていくことにした。坂をのぼっていくと、その先に国立病院がある。そこまでは右が住宅地で、反対側は林になっている。林の向こうは崖だ。そこからは遠く海が見える。竹はそんなところへ行くわけない、と思う。そう思ったら竹が林の中で死んでいる姿を思い浮かべてしまった。車が竹をはねて、運転席から降りてきた人が横たわった竹を摑《つか》んで林の中へ抛《ほう》った、とか。そんな悪い人がそこにもここにもいるような気がしてくる。猫を憎んでいる人がそこらじゅうにいるような気がしてくる。竹、と思う。生きてろよ。

国立病院の先には養護老人ホームがある。そのまた先には商業高校があって、その先の大きい道路を行けばどこまでも道はつづき、ずっと先には運動公園があって、野球場もあって、それから家がいっぱいあって、公園もあって、それからそれから。町がどんな形をしていたのかわからなくなる。竹がもぐり込んでしまっているその場所はすぐには行けないところのような気がする。道を辿《たど》っても辿りつけないような気がする。竹の行ってしまったどこかがぐーっと地理を伸ばしてしまって、知っているはずの「ここら辺り」の地理がぐにゃぐにゃになってしまった気がする。わからないどこかが闇のほうへ広がってしまっている気がする。

「たけー」林に向かって呼んだ。

林の中はしずかだ。鳥の声もしない。

「たけ」

小さい声で呼んだら、泣きそうになった。竹は、どこかであるはずのどこかへ行ってしまったのだ。

歩きながら道のそばの家をじろじろと見る。庭木の下やガレージの中。家の中から犬の鳴き声がする家は見ない。竹は犬には近寄らない。

テラスに黒猫が二匹いる。テラスの隅に段ボール箱が重ねてあって、それぞれに小窓がついている。猫の家なのだろう。黒猫は並んで家のほうを向いている。

「竹を見ませんでしたか」

訊いてみたが、二匹はわたしを見ただけだった。


姉は暗くなってから帰ってきた。

どこまで行ったの？　とたずねると、蓮根畑の中の道を海まで行った、と答えた。

「蓮根畑ってだだっぴろいよね」

「近田になったつもりで考えたら、あの道をだーっと車で走って、堤防あたりで竹を捨てたような気がしたから」

姉は近田が竹をどこかへ捨てたと思い込んでいるのだ。

「竹はイカは好きじゃなかったよね」と言いながら、姉は箸《はし》でイカの刺身をつまんだ。

「母さんは竹が心配じゃないの」と母に言うと、

「心配。だけど見当がつかんから足が出ん」

母はイカのゲソとグリーンアスパラガスの炒めたのを食べる。「念じてはおるよ。戻ってきてって」

そう言って母はウイスキーを飲み、グラスをかたんと置いて「そうだ。ビラを作ろう。写真入りで。それを近所に撒《ま》こう」と言った。ね、と、わたしと姉の顔を見た。

うーん。姉は曖昧《あいまい》な返事をした。

ビラって、と思う。近所に撒いてもな、と思う。竹は近所にはいない気がする。近所にいるなら、帰ってきているはずだ。竹はぐうんと遠いどこかに行ってしまって、帰れずにいるのだから。

「竹は近所にいないよ」

口に出して言った。とたんに竹が闇に消えた気がして涙が出てきた。涙はどんどん出た。おぅおぅおぅ。喉の奥のほうから声がこみあげてきた。

「菜々《なな》。泣いちゃいけん」姉がわたしを叱った。「泣いたら竹が死んだ気がするけぇ」

うん、うん。それでも涙がだらだら流れる。

「葉菜《はな》も菜々も心配しすぎ。竹は帰ってくる。あたしはそんな気がする」

母は余裕ある笑みを浮かべ、グラスのウイスキーをごくんと飲んだ。

学校から帰って、またわたしは坂をのぼった。

国立病院の駐車場からは遠く山の斜面に広がる住宅地が見える。びっしりと家が斜面を埋めている。あっちまで竹が行かなかったといえる根拠がない。「あっち」はずうっとどこまでも続いている。

ゆうべ、姉はお風呂からあがると髪を拭きながら「いなくなった猫が三か月たってふらっと帰ってきたってことはあるらしい」と言った。

「誰に聞いた話？　ネット？」と訊くと、それには答えず、

「ラフカディオ・ハーンはニューオーリンズの裏町で男が猫をいじめているのに出会ったことがあるんだって。ラフカディオ・ハーンはその時のことについて、あの時、ピストルを持っていたら、その場でその男を撃っていただろう、ピストルを持っていなかったのは残念だ、と書いているらしい。その気持ち、すごくよくわかる」

姉はそう言って、ドライヤーをまるでピストルみたいに自分の頭に向けた。

養護老人ホームの裏を通り過ぎ、細い道を折れてみることにした。そっちにも斜面に住宅地が広がっている。ときどき草むらに向かって「たけ」と呼んだ。

四年生まで同じクラスだった丸井《まるい》さんが確かここらに住んでいるはずだ。丸井さんに会ったら、竹のことを訊いてみよう。丸井さんの家はどこだろう。一軒一軒門の表

札を確かめながら歩いていく。板塀の角を曲がる。その家の表札を確かめてから顔をあげると、前から寺山くんが歩いてきていた。

あ。足が止まった。

寺山くんは近づいてくると「なに？」と言った。

「あの、うちの猫がね、えーと」

寺山くんの顔を見ていられない気がして下を向いた。寺山くんはごついスニーカーを履いている。

「猫なら、ほらそこ」

寺山くんは低い声で言った。

「どこ？」

寺山くんが指差している先には大きい木が立っていた。

寺山くんが歩きだした。わたしは寺山くんの後ろ姿を目だけで追う。寺山くんは急ぐでもなく、ふり返ることもなく、ゆっくり坂をくだっていく。

わたしは木が立っている家に近づいていった。遠ざかる寺山くんを背中に感じながら。

木の根元に猫がいた。薄茶色の猫。赤いペンキが剝《は》げかけている門扉《もんぴ》は半分開いていた。

「ごめんください」

家の窓は暗い。

音を立てないように扉を押して、そっと庭に入った。軒下にベンチ。背の低い庭木がぐるりと植わっていて、プランターの陰にブチ猫。わたしを見ている。

「ご」と言った。「めん」と言って、「ください」と囁いた。家の中からおばあさんとか出てきたら嫌だな、と思って、あ、どうしておじいさんじゃなくて、おばあさん？と自分に訊く。木を見あげると木の股にも黒猫。いますねえ、と思いながら再び家を見ると、窓の内側におばあさんの顔があった。

ガラリと窓があいた。

「猫好き？」とおばあさんは細い声で言った。白い髪を緑色のスカーフで包んでいる。

「すみません」

「あなたは猫好きかしらって、訊いたの」

「うちの猫を、探してるんです」

声が小さい、と自分で思う。大人に何か訊かれると、声が小さくなる。

「ですからね。わたしは、あなたは猫好きでしょうかねって訊いたのよ。大事なことだから訊いたの」

「あー、はい」

帰ったほうがいいのかなと激しく思う。

「どういう猫かしら」

「えーと、黒い毛と白い毛の、トラ猫っていうか」

「身長は」

えーと、これくらい、と手を広げた。

「名前はなんとおっしゃるの」

「竹です」

「男の子、女の子、どっち」

「雄《おす》です」

「どんな性格なの」

「えーと」

考える。竹はいつも鼻歌を歌ってるみたいな感じだけど。

「あら。あなた、今、うっとうしいって、思ったでしょ」

あ、いえいえ。

「あのねえ、猫の気持ちがわかる者にはね、人間の気持ちなんて、それこそ手に取るようにわかっちゃうの。あなた、うちの猫が見たいんでしょ。おたくの竹ちゃんがいるかどうか確かめたいんでしょ」

わたしは迷いながら頷《うなず》く。

「いいわよ。どうぞ。そっちの木戸をあけて、庭におはいんなさい。庭にもいるから」

あー、はい。

いいのかな、こういう場合、と思う。大人が「いい」と言うことの半分くらいは、ほんとうはよくはないことなのだ。大目に見てあげるとか、ほんとは迷惑とか、さっさと済ませてさっさと帰ってほしいとか、子どもはこれだから面倒だとか、このごろの子は礼儀を知らないとか、とかとか。

おそるおそる木戸をあける。芝生の庭に植え込み。目をあげると、テラスの屋根に三毛猫が寝そべっていた。縁側にもキジ猫。わたしを見ている。縁側の前の石にも灰色の猫が目を閉じている。

「どういうわけか、自然にうちに集まっちゃうの」

家から出てきたおばあさんが後ろで言った。「一匹、二匹、とやって来て、その子たちがそこらで寝てると、また別のがやってくるの。自然にね、いつのまにかね、追われた猫がやってくる」

「そうなんですか」

わたしは竹を目で探す。庭木の下にも一匹いる。

「というのは嘘で、わたしが餌をあげてるの。お腹を空《す》かせているのがわかるから。あのね、イスラム教の国じゃ猫をいじめると地獄に落ちるっていわれているらしいわよ。わたしはイスラム教徒じゃないけれども。ですからね、あっち方面じゃ、わたしは落ちないの、地獄には」

おばあさんはほほほと笑った。「それで、いつ竹ちゃんはいなくなったの?」

「五日くらい前です」

「それなら大丈夫。じき帰ってくるわよ。わたしの知り合いの医者の話なんだけど、猫を車で遠くに捨てにいったら、半年たって子猫を三匹連れて帰ってきたんですって」ほほほ。

奥の物置の屋根を見ると、トラ猫がこっちを見ていた。そばにはクリーム色の猫もいる。

「あ、竹」竹だ。

わたしはそっちへ近づいていく。竹、竹、と呼びながら。猫は寝そべったままわたしが近づくのを見おろしている。物置の下まで行って、その顔をじっと見る。顔が黒いところも、ヒゲがびんびん伸びているところも、ぎろっとした目も竹そっくりだ。

「たけ。おいで」手を差し伸べた。

「あの子は八兵衛《はちべえ》ちゃんよ」

おばあさんが言った。「ずっと前からうちにいる子」

「でも、竹にそっくりです」

おばあさんをふり向くと、腕組みしたおばあさんはゆっくり首を振った。

「あなた今、わたしが嘘ついてると思ったでしょ。嘘じゃありませんよ。あの子は八兵衛ちゃん」

だって。

「たけ」

わたしは猫を呼んだ。猫はどんな表情も浮かべていない。そばのクリーム色の猫が体を起こしてトラ猫の耳の後ろを舐《な》めはじめた。

「竹だよね、あんた、竹でしょ。おいで、帰ろう。竹、たけってば」

トラ猫は立ちあがった。背中の縞模様はよく見えなかったけれど、尻尾の先が黒いところは竹そっくりだ。

「あれ、ぜったい竹です」

「ぜったいですって？　どうして？　竹ちゃんは竹ちゃん。八兵衛ちゃんは八兵衛ちゃんでしょ」

「だって、だって」

目の前にいる竹とわたしの間がぶつんと何かで遮断されてしまったみたいだ。

トラ猫はゆっくりと屋根の上を向こうに歩いていった。

竹。

竹のはず。竹だよ、あれは。

猫は見えなくなった。

「いつでも見にいらっしゃい。八兵衛ちゃんがいつもいるとはかぎらないけど」

はい。わたしは言った。竹に見捨てられたような気がした。

木戸を抜けて前庭に出ると、木の股の猫が二匹に増えていた。ベンチにも一匹。

「さよなら」

ベンチの猫に言った。猫はわたしを見ている。

庭を出てふり向くと、ベンチの猫はまだわたしを見ていた。

姉が帰ってきたのは夜遅くだった。

「どうして携帯に出ないのよ」と母がなじった。

「自転車漕いでたし、風がすごかったし」

どこまで行ってたの？　と訊くと、姉は冷たくなったトンカツを電子レンジに入れながら、「それが、わからんの。だって道って、どこまでも続いちょるんよ。自転車を漕ぎながら、どこまで行ったらもう帰ってもいい地点に辿りつけるんだろうと考えてた。でも、そんな地点はないんよ。引き返したら、そこで竹を見捨てることになるじゃろ。そう簡単に引き返せないよ」

姉は電子レンジの光を見つめて言った。

「そんなことを言ってたら稚内《わっかない》まで行くことになるよ」

「そう、まさしくそうなんだ」

姉は電子レンジに向かって言った。

「ばかねえ。待ってればいいんだって」

母は自分で漬けたわさび漬けを肴《さかな》に日本酒を飲んでいる。母はわたしたちがいなくなっても、やっぱりお酒を飲みながら待つんだろうか。そう思って母を見たが、母の考えていることはわからなかった。

竹にそっくりの猫がいた、と、大きい木の家から帰って母に話したときも、母は「追ってもだめなんだって。待ってればいいの」とキャベツを刻みながら言ったのだった。

わたしの携帯が鳴った。父からだ。

「竹、帰ったの？」と父は言った。

「まだ」

「ふうん。なんか帰ってきてるような気がしたんだけどなあ。満月だろ」

「父さんは帰ってこないの？」

「今週末あたり、帰ってみようか」と父は言った。

「母さんに替わろうか？」

「いい、いい。近田さんと揉《も》めるなって、穏便にって。そう言っといて」

じゃ、と父は電話を切った。

母に父が今週末に帰ってくると伝えると、母の返事は「ほうほう」だった。母はぐいっと杯をあけた。

「菜々ってば。竹」

大声で言いながら、姉はわたしの布団を剝いだ。

はあ？

「だから竹が帰ってる」

姉は部屋を出ていった。

階段をだだっとおりて居間に行くと、ソファに竹がいた。寝そべって前足をべろべろ舐めている。母も起きてきている。きっと姉が起こしたのだ。

「たけ」

そばに寄ると、竹はちらっとわたしを見た。まるで、昨日もおとついもここにいたけど、なにか？　と言ってるような目だ。それからまた構えたままにしていた前足の裏を舐めはじめた。

竹の背中を撫でる。頭も撫でる。尻尾を握る。ざらざらと砂の手触り。どこで寝ていたのだろう。竹の頭の匂いを嗅《か》ぐ。埃《ほこり》っぽい匂い。竹はグルグルと喉を鳴らしはじめた。

耳に口を寄せて「八兵衛」と小さい声で呼んでみた。反応はない。ふうん。竹は三人に取り囲まれても改まった素振りは見せず、いつもと同じ顔をしている。

「なんじゃろうね、猫ってさあ。人をさんざん心配させといてさあ」と母が言った。

おっと、とわたしは思った。

眠っている竹を見ながら、マーマレードを塗ったパンを食べ、牛乳を飲んだ。ほんとに、なんじゃろうね、猫ってさあ、と思った。

家を出ると、むこうから寺山くんが歩いてきているのが見えた。近づいてくるのを待って、「あのね、うちの猫、帰ってきた」と言った。

「ふうん。イエイ」

寺山くんはわたしの前を通り過ぎていった。

「イエイ」わたしも言った。

学校から帰ったら、あの家にもう一度行ってみよう、と思う。物置の屋根に八兵衛がいるかどうか確かめてみよう。あれはほんとうに八兵衛だったのか。竹じゃなかったのか。

丸っこい寺山くんの後ろ姿を見ながらわたしも歩きだす。寺山くんの大きい背中の真ん中にちょこんと黒いランドセル。中学生が無理やりランドセルをしょってるみたいに見える。

あの八兵衛は、八兵衛になっている竹じゃないのかなと考える。そして、うちにいるのは竹になっている八兵衛だったりして。そういうこと、あるかなあ。あるかもしれないと思う。じゃああの庭にいたたくさんの猫たちはいったいどこから、と考えかけると、とたんに「ここら辺り」の地理がぐにゃぐにゃしてくる。いやいやと思う。竹はどこかへひとりで行ってきたのだ。探してもわからない場所を歩いてきたのだ。姉は今もまだ竹は近田に遠くに捨てられて、そこから戻ってきたと信じている。

とにかく、と思う。竹は帰ったのだ。姉は誰もピストルで撃たずに済む。

寺山くんから離れすぎないように足を速めながら、わたしは坂をくだっていった。

インタビューあんたねこ

くどうなおこ

むかし、この絵本が出たばかりのころ、私は佐野洋子さんに「100万回死んだねこ、いいね」と、タイトルを言い間違えた。洋子さんは、即座に「い・き・た、だよ!」と言い返した。そのときのこと、いまでもよく思い浮かべる。

くどうなおこ

一九三五年台湾生まれ。博報堂のコピーライターなどを経て児童文学の世界へ。八三年『てつがくのライオン』で日本児童文学者協会新人賞、八五年『ともだちは海のにおい』で産経児童出版文化賞、九〇年『ともだちは緑のにおい』で芸術選奨新人賞、二〇〇八年『のはらうたV』で野間児童文芸賞を受賞。ほかに『あいたくて』(絵・佐野洋子)『工藤直子詩集』など著書多数。

あなたは　だれですかときくと
ねこは　あんたねぇ　といった
あんたねぇ　あたしは　つきのひざに　すわり
ごろごろにゃんと　あまえるねこ
つきは　あたしを
ひかりのなかで　ころがして　くすぐる

あなたは　だれですかときくと
ねこは　あんたねぇ　といった
あんたねぇ　あたしは　いつから「あたし」か　しらない
えいえんに　つきに　だかれて　いる
いつまで「あたし」か　しらない
えいえんに　つきに　だかれて　いる

あなたは　だれですかときくと
ねこは　あんたねぇ　といった
あんたねぇ　あたしは　まっすぐなのである
とにかく　まっすぐ　だんぜん　まっすぐ
きっぱり　まっすぐ　しっかり　まっすぐ　そして
おなかは　じつに　やわらかい

あなたは　だれですかときくと
ねこは　あんたねぇ　といった
あんたねぇ　あたしは「はい」より「いいえ」
ほんとの　こえで　ほんとの　めの　ひかり
いつも「ぜんりゃく」で「ほんじつただいま」
このよは　でっかい「きまり」なのだから

あなたは　だれですかときくと

ねこは　あんたねぇ　といった
あんたねぇ　あたしは　ああであったり　こうであったり
ああでなかったり　こうでなかったり　なおかつ
ああであるとおもえば　こうであり　あまつさえ
こうにちがいないとおもえば　ああなっちゃうの

あなたは　だれですかときくと
あなたは　あんたねぇ　といった
あんたねぇ　それより　ごはん　たべない？
そういって　あなたは　あまのがわに　つめを　のばし
ほしいろの　さかなを　くちに　くわえた
あなたは　こころから　さかなを　くわえた

ある古本屋の妻の話

井上荒野

このねこの、ふてぶてしくて悪そうで、「俺のことを簡単にわかったなんて思うなよ」というような顔が大好きです。あるいは白いねこに出会って変わる一瞬前の「3回ちゅうがえり」の愛らしさといじらしさといったら。白いねこ、いいなあ。でもやっぱり私は（もし生まれ変わるとしたら）白いねこより「100万回生きたねこ」になりたいです。3回ちゅうがえりをして、「おれは、100万回も……」といいかけてやめて、「そばに　いても　いいかい」と言いたい。

井上荒野（いのうえ・あれの）

一九六一年東京都生まれ。一九八九年「わたしのヌレエフ」でフェミナ賞、二〇〇四年『潤一』で島清恋愛文学賞、〇八年『切羽へ』で直木賞、一一年『そこへ行くな』で中央公論文芸賞を受賞。ほかに、『もう切るわ』『だりや荘』『誰よりも美しい妻』『ベーコン』『つやのよる』『キャベツ炒めに捧ぐ』『ほろびぬ姫』『虫娘』『悪い恋人』『リストランテ　アモーレ』『ひどい感じ　父・井上光晴』など著書多数。

夫は古書目録を読みながら昼食を食べている。

昼食は、昨夜の残りのクリームシチュー。ごはんは残らなかったので、夫は朝と同じ食パンを、あたしはお正月からひとつだけずっと冷蔵庫に入っていたお餅を焼いた。

夫は、シチューの人参を掬《すく》おうとする。でも目は目録に向けたままなので、スプーンは人参を掬うのではなく皿から跳ね飛ばしてしまう。どうしたはずみかそれはよく飛んで、あたしの椅子の横に落ちた。夫はちょっと顔を上げて、あ、ごめんと言った。これが今日はじめて彼があたしに向かって発した言葉だと気がついた。夫は寡黙《かもく》な人だ。

ティッシュを取り、人参を拾うために体を屈《かが》めたとき、掃き出し窓の外に猫が来ているのが見えた。猫が来てるわ。それで、あたしはそう言ったが、夫は何も答えなかったので、独《ひと》り言《ごと》になった。

あたしは自分のクリームシチューの残りを持って台所へ行き、ボウルへ空けて、店のほうから表へ出た。掃き出し窓の前には車を停めているから狭いのだ。猫も心得たもので、バンのうしろまで出てきて待っていた。

この大きな雄のトラ猫は、半年くらい前からうちの周りをうろつくようになった。うっかり一度食べさせてしまって以後、もらって当然のような顔でやってくる。クリームシチューだろうが煮物だろうが、サラダだろうが納豆だろうが、何でも食べる。餓えているというよりは、いっそ無感動に顎《あご》を動かす様子は、夫に似ている。猫が食べるのを、あたしはぼんやり眺めていた。それから家の中へ戻ると、夫はもう食卓にいなかった。


夫は古本屋だ。

明日、明後日と即売会があるので、今日は午後から店を閉め、あたしも一緒に搬入に出かける。

高円寺の古書会館は商店街の中にあるプレハブの小屋で、そこで業者内の市も、一般客向けの古書即売会も開かれる。午後四時過ぎにあたしたちが着いたときには、十人ほどの同業者が来ていた。

夫が車から本を運び、あたしはそれを、割り当てられたスチールの書棚に差していく。古本をさわっていると埃で指先がたちまち荒れてくる。古本屋の妻になったばかりの頃は軍手をはめて作業していたはずだが、そういえばいつからかしなくなった。いつ頃からだろう？　そのことをほんの一瞬考える。書棚の向こうから、男たちの笑い声が聞こえてくる。夫の声も混じっている。同業者となら夫はよく喋《しゃべ》るし、笑いすらする。仕事の一部なのだろうと思うことにしている。うへえ。すげえな。よく集めたなあ。笑いながら、男たちはそんなことを言っている（「すげえな」と言ったのは夫だ）。誰かが何かおかしな荷物を持ち込んだのだろう。本以外の古いものも扱う店もあるから、ここにはいろんなものが集まってくる。

女性の笑い声も聞こえてくる。今年、古書組合に加入したばかりの「ぺりかん堂」の若い奥さんの声だ。彼女やあたしのように、夫の仕事を手伝うためにここへ来る女はほかにも何人かいる。ぺりかん堂の奥さんのように若くてかわいい女でなくても、男たちに混じって喋ったり笑ったり、下ネタに手をたたいて喜んだりしている奥さんはいる。ようは、夫がそれを望んでいるかどうか、ということなのだ。あたしの夫は望んでいない。だからあたしは、あちらへは行かない。

まあ、年齢というのは、いくらか関係あるのだろうが。年齢、あるいは歳月。あたしが結婚したのは今から十二年前の三十歳のときだが、その頃は夫と一緒に男たちの輪の中に加わっていたから。美人の奥さんで羨《うらや》ましいって言われちゃったよ。帰りの車の中で夫が教えてくれたこともあった。あの頃は、夫は同業者にだけでなくあたしにももっと喋りかけたし、笑いかけたし、触れもした。

午後六時過ぎに作業が終わり、あたしと夫は古書会館を出た。夫は大きな段ボール箱をひとつ抱えていた。同業者の出品物を買ったのだろう。え、本当に買ったんだ？　車に積み込んでいるとき、会館から出てきた男が笑いながら言い、儲《もう》けてやるぞ、と夫も笑いながら言い返した。

その笑顔は、車を発進させてからも、しばらくの間夫の顔の上にのっていた。それであたしは「何を買ったの？」と聞いてみた。「切り抜き」というのが夫の答えだった。それだけでは何のことだかわからない。

でも、夫はそれだけしか答えなかったし、あたしにしても、本当に知りたいわけではないのだった。夫の笑顔は水が乾くように消えていき、次の信号で停まったときには、もう、いつものむっつりした顔だった。

うちは高円寺の沿線のずっと下りの駅が最寄りで、人通りがほとんどない裏道にある。

店を開けていてもだから本はちっとも売れない。店をたたんでさらに田舎へ引っ越して、ネット通販だけの商売にしたほうがましだと夫もあたしも思っているが、そのためのお金も貯まらないまま、細々と暮らしている。

春めいた空気が店の中に入ってくる。もったりしていて、うすら寂しいような匂い。日差しが届かない店の奥は肌寒く、机の足元に火鉢を置いている。昔、古書市場で売れ残り廃棄されようとしていたのを、おもしろがって持ち帰ってきたのだった。炭を熾《おこ》すのは夫の役目で、いろんなことが変わっても、その習慣だけは続いている。

夫が古書即売会に出かけたあと、あたしは午前十時半に店を開けた。本当は午前十時に開けることになっているが、夫がいないのをいいことに遅らせてしまった。客が来ない店の店番は気が塞《ふさ》ぐ。あたしは文庫本をめくる。ブラッドベリの『10月はたそがれの国』。もう何度も読み返している本だが、ブラッドベリがとりわけ好きだというわけではなく、そういう本はほかにも何冊かある。読んだことがある本しか、あたしは読まない。もう知っていることしか知りたくない。気持ちを掻《か》き乱されるのがいやなのだ。

もっとも、ときどきあたしは、自分がただページの上の字を眺めているだけで、何も読んでいないことに気がつく。そんなときにはよけいなことを考えている。たとえば自分がここにいる意味とか理由とか、そういうことを。考えるのをやめるために本に集中しようとするが、たいていはうまくいかない。眠りたい、とあたしは望む。でもそれも叶《かな》わない——夜ですら寝つけないことがあるのだから、店頭で居眠りなどできるはずがない。するとあたしの中に、べつのアイディアが浮かんでくる。死にたい。浮かぶのは一瞬だ。急いで打ち消すから。死にたいほど不幸だなんて認めるわけにはいかない。

猫が店の中に入ってきた。掃き出し窓の向こうに人が見えないときには、こちらに来る。客みたいな顔をして悠々と歩いてくる。猫の相手でもいくらかの時間潰しにはなる——初回に餌をやってしまったのもたぶんそれが理由だろう。

昨夜、このためにとっておいた煮物の汁をごはんにかけてやった。外に出るのは寒いので、机の前にボウルを置いて食べるところを眺めていたら、客が来た。

「買い取りはお願いできますか」

レモン色のぱりっとしたコートを着た五十がらみの女性だった。おそらく彼女の母親だろう和装の老婆が、うしろに影のように立っている。

家を売却することになり、蔵書を処分したいという話だった。十五年前に亡くなった彼女の父親が大学で詩を教えていたと聞いて、とりあえず家に行ってみることを決めた。名のある詩人の初版本でも見つかればいい買い物になる。

「あら、猫ちゃん」

景色に小さなヒビを入れるような声を老婆が出した。机の向こうから出てきたあたしと客たちの足元で、猫はずっと食べ続けていたのだ。

「カオルちゃんにそっくりね、この子」

「そうねえ」

老婆と娘は言い合う。

「お宅の猫？」

老婆は聞き、「野良なんですけど」とあたしは答えた。

「でも、ごはんはお宅であげてるのね」

「ええ、まあ……」

「何をあげてるの？　人間の食べものはだめよ。猫に、しょっぱいものは毒なのよ」

お母さん、と娘が咎《とが》めた。

「体を壊して死んでしまいますよ」

「お母さん、失礼よ」

二人が店を出て行ってからも、猫はまだ食べていた。しょっぱい汁がかかったごはんをきれいに平らげ、さらに物足りなさそうに皿を舐めた。

週明け、あたしと夫はその家へ出かけた。

車でその前を通りかかるたび、どんな人たちがここに暮らしているのだろう、と想像していた家だった。シュロの木がうっそうと繁る広い庭の奥に、何代にもわたって建て増しされてきたような、和洋折衷の二階屋があった。

期待が高まったのは、でも家の中に入るまでだった。夫はたちまち不機嫌になった。そもそも出かける前から、あたしが勝手に今日の約束をしてしまったことを怒っていた。客のほうからコンタクトしてくる買い取りは、往々にして空振りになるからだ。「ものすごくたくさん」蔵書があると聞いて出かけていっても、段ボールひと箱分だったりする。今回もそうだった。「今月中に家を引き渡さなければならないのだが、まだ何も片付いていなくて困っている」という話だったのだが、家の中はがらんとしていて、残っているのはがらくたばかりだった。ようするに価値のあるものはすでに選《え》り分けられたあとなのだろう。

主《あるじ》の書斎だったらしい部屋に、本は数だけはあったが、値がつくものはなさそうだ

った。夫が書棚を見上げていたのは五分足らずだった。それからリビングに戻ってい
き、そこで待っていた女性と老婆——家具というよりはゴミに見える二脚の古ぼけた
肘掛け椅子に座っている——に向かって「ちょっと無理ですね」と言い放った。
「無理って？」
女性が聞いた。
「いや、値がつくものがほとんどないんで、今回は勘弁してください」
「お金はいりませんから。引き取っていただければ、それで……」
「だから、引き取っても、どうにもなんないんですよ。捨てる手間と費用がかかるだ
けだから」
「こちらでお金を幾らかお支払いしたら？　ね、そうしたら？」
そう言ったのは老婆だった。あたしは聞いているのがいやになって、書斎へ戻っ
た。よく探せば引き取れる本が見つかるのではないかと思ったのだが、結局すぐにあ
きらめた。夫が無理と言ったのなら無理なのだ。
書棚がない唯一の壁には出窓があって、細々《こまごま》したものが厚く埃をかぶっていた。こ
けし、トランプ、金メッキのティッシュペーパーボックス、それからいくつかの額。
近づいてよく見ると額の中身は家族写真だった。老婆の孫と思われる子供たちのスナ

ップが多かったが、古い集合写真もあった。どこかの山荘の前で撮ったもの。服装からして、四十代くらいの夫婦は若い日の主と老婆だろう。夫婦の間には、三人の子供たちがいる。男の子が二人と女の子がひとり。あの女性には、弟が二人いるのだろう。そして男の子の一人は、その手にトラ猫を抱いている。カオルちゃん、と言っていたのはこの猫のことだろう。うちに来る野良に似ているというよりは、まるで同じ猫のようにも見える。

その隣には、夫婦だけで写っている写真もある。それほど昔のものではなさそうだ——着物姿の老婆と、痩せて背の高い、姿勢のいい老人のスナップ。二人は少し照れくさそうに、穏やかに微笑《ほほえ》んでいる。老婆の体は、ほんの僅《わず》か老人のほうへ傾いている。

一枚ずつじっくり見たあとで、後悔した。あたしは何かを探していたらしいが、見つけたいものは見つからなかった。そのかわりに、見たくないものを見せられたという気分になっていた。

そして誰もいなくなった。あたしは心の中で呟《つぶや》いてみた。夫がいたって子供がいたって孫がいたって、人は最終的にはひとりになる。広い屋敷に詰まっていた家財道具の大半はがらくたとして廃棄される。だけどこんなふうに夫のほうに傾きながら微笑んだときの記憶があれば、幸福だった、と思って死ぬことができるのだろうか。

夫が部屋に入ってきた。何やってんだと言いながら近づいてくる。額には目もくれず、出窓の下の開き戸を開けた。そこには木箱入りの器が重なっていて、結局夫はそれだけを、五千円で買い取った。


夜、夫は自室に閉じこもる。

自室と言っても倉庫兼用の四畳半だが、スチールの机とノートパソコンが置いてある。夕食後から深夜二時頃まで、夫はそこにいる。ネットオークションに商品をアップするためだ。

実際のところは、パソコンを使ってそれ以外のこともしているのかもしれない。あるいは、ほとんどの時間、何もしていないのかもしれない。彼はただ、夜をあたしと一緒に過ごさないためだけに、そこに閉じこもっているのではないかとときどき考える。

もちろん、わが家の食《く》い扶持《ぶち》でもあるのだから、オークションで売っていること自体は嘘ではない。たとえばある朝、夫は起きてくるなり「ちょっと、来てみろよ」とあたしに言う。彼が見せたがったのはノートパソコンのディスプレイにあらわれたオークションの途中経過で、この前老婆の家から買い取ってきた器のひとつが、十三万円まで競《せ》り上がっているのがわかる。

あれらの器は、フィリピンにある韓国人墓地から出土したという骨董品で、木箱の中には鑑定書も入っていたのだった。同時に出品したほかの器も、それぞれ三万いくら五万いくらまで値が吊り上がっているのを見せられた。もっと上がるぞ、と夫はあたしに笑いかけた。そういう理由ならば、この男は笑いかけることもある。

けれども——なんとなく、あたしが懸念していたとおり——夫の上機嫌は長くは続かなかった。数日後、宅配便で届いた大きな荷物を、夫は仏頂面で自室へ運んでいった。何なの？　部屋を出てきた夫を待ち構えて、あたしは聞いた。あたしは古本屋の妻なのだし、働き手でもあるのだから、聞く権利はある、と思ったのだが、少し意地の悪い気持ちになっていたのかもしれない。

返品。夫は短く答えた。あたしがなおも動かずにいると、十三万円で売れた器にクレームがついたことをしぶしぶ説明した。添付の鑑定書に修正したあとがあったのだそうだ。夫は骨董品のプロではないので、器ひとつに（本物ならば）十三万円出すようなコレクターから指摘されれば、引き下がるしかない。

「じゃあ、ほかのも全部ニセモノっていうことなの？」

「ニセモノかどうかしらんが、ほかの二点も同じやつが落札したんだ、そっちはまだ送ってなかったんだが、キャンセルだってよ。ほかに出してたのも取り下げた。面倒ごとはごめんだからな」

夫は打ち明けるつもりはなかったに違いなく、意に反して喋らされたことでいっそう頭にきたようだった。

「でかい家に住んでるってだけの阿呆どもだから、大枚払ってニセモノ溜めこんでたんだろう。くそ婆あども、五千円だって高い買いものだったぜ」

あたしは黙って夫に背を向けた。もう十分だと思ったのだ。本当に、もう十分だ。汚い罵《のの》りの言葉だけにかぎらない――今の生活のすべてに対して、自分がそう思っていることに、あたしは気づいた。

桜並木がもう満開に近い。

気づいたところで考えたところで、それだけしかしないならば、ときはただ経つだけだ。

スーパーマーケットで買いものをした帰り道だった。店番に戻りたくなくて、あたしはのろのろ歩いていた。そのとき目の前を猫がさっと横切った。

うちに来る野良と同じトラ猫だった。あたしは道を渡って、猫が入っていった家を窺《うかが》った。同じかたちが三軒並ぶ建売住宅の、真ん中の家だ。パンジーやチューリップが咲く鉢がごたごたと置いてある狭い通路の向こうに猫は一瞬見えたが、すぐに姿を消してしまった。

この一週間ほど、あの猫はうちに来ていなかった。来なくなったことに気がつくと、最後に来た日、与えた残飯をずいぶん残して帰ったことが思い出された。気にしないつもりでいたが、気になっていた。老婆が言ったことを覚えてもいて、今日スーパーで買ったものの中には、キャットフードもあった。

あたしはしばらく待ってみたが、猫はもう出てこなかった。ちらりと見ただけだし、あの猫ではなかったのかもしれない。それにあの猫だったとしたら、うちよりもいいものをもらえる餌場を見つけたということだろう。そう考えることにして、家に戻った。

「遅かったな」

と夫が言った。店の前に立っていて、あたしを待っていたようだった。

「ちょっと……見てくれないか」

夫の様子はいつにないものだった。実際、それはいつにない出来事だったのだ。食卓の上に置いてある段ボール箱は、あたしに見せるために夫が上から下ろしてきたものらしかった。中身は切り抜きだった。雑誌のページ、パンフレット、広告チラシ。ブロマイドやカード類もあったが、そこに写っているのはすべて女性アイドルのHだった。

「いちばん底から出てきたんだよ」

夫から手渡されたものは封筒だった。切手は貼られていなかった。封はされていたが、自分が開けたのだと夫は言った。表には郵便番号・住所とともに女名の宛名が記されていた。裏には差出人として、女性と同じ名字の男名があった。

封筒の中には便箋が二枚入っていた。夫に促され、あたしは読んだ。古本屋をやっていると、私信を読むことにためらいがなくなるが、このときは、読みたくない気がした。けれどもやはり読んでしまった。何が夫を動揺させているのか知りたかったから。便箋は、遺書だった。「お母さんへ」という書き出しで、「三十五歳のごくつぶしを見捨てないでくれてありがとう」「ごめんなさい」「もうこれ以上生きていても自分はどうにもならない人間だとわかったので死ぬことにしました」などと書いてあった。「Hの結婚が自殺の理由ではありません。まあ、少しはあるか（笑）」というのが追伸だった。

「どうするの、これ？」

読み終えて、あたしは夫に聞いた。

「どうしようもないよな」

と夫は言った。

「どうしようもなくはないわ。届けるべきでしょう、宛名の人に」

夫は驚いた顔になったが、自分の語気《ごき》にあたし自身が驚いていた。

封筒の住所には団地名が入っていたので、見つけるのは容易だった。電車を乗り継ぎ小一時間で、各駅停車しか停まらないその駅に着いた。のんびりした商店街を抜けると、桜で煙ったような景色が見えてきて、そこが団地だった。広大な団地だったが、建物はひどく古くて人気《ひとけ》もなく、ひっそりとしていた。桜だけが敷地内のいたるところで、くるったように咲いていた。

十七号棟は団地の外れにあった。階段で三階に上り、その部屋のドアの前に立った。呼び鈴の横の表札には、封筒の宛名の女名、その夫であると思われる男名、それに差出人の男名とが並んで記されていた。プレートの端にシールをはがしたあとがあった。うまくはがせておらず、それがアニメキャラクターの顔であったことがわかる。ためらわず呼び鈴を押したのは、団地の雰囲気が、きっと留守だろうとあたしに思わせていたからで、そうだったら新聞受けの投入口から封筒を差し込んで帰ろうと決めていた。

けれどもドアはいきなり開いた。こういう集合住宅に特有の、黴《かび》と醬油が混じったような匂いとともに、女が出てきた。

女は小太りで、何が起きたのかと思うようなちりちりのパーマをかけていて、深緑色の、パーティへ行くような服を着ていた。見たところあたしと同じくらいの歳だった――ということは、手紙の主の母親ではなく、姉だろうか？　あきらかに誰かを待っていたようで、あたしを見て驚いていた。

「どなた？」

はっきりと顔を歪めて質《ただ》す女に、自分は古本屋であることをあたしは告げた。

「お宅で処分されたものの中に、手紙が紛《まぎ》れていたんです。近くまで参りましたので……」

封筒にはあらためて封をしてあった。もちろん、開けたことは黙っているつもりだった。他人に読まれたと知ればよけいな心配をさせてしまうだけだろう。それこそ、よけいなことは言わずにさっさと立ち去るつもりで、あたしは封筒を取り出すためにバッグを探った。そのとき女が「結構です」と言った。

大きな、ほとんど怒鳴ったといっていい声だった。あたしは手をバッグに突っ込んだまま女の顔を見た。

「せっかく持ってきてくださったのに申し訳ないですけど、一度捨てたものですから」

「でも……」

アイドルの切り抜きの中に、手紙が埋まっていたことは知らなかったはずだ。それとも知っていたのか？　だが読んではいないだろう。封がしてあったのだから。それとも読んで、封筒に戻して再び封をし、切り抜きの中に放り込んだとでもいうのか。

あたしはさらに説明しようとした。女が勘違いに気づくことを期しながら、切り抜きではなくて手紙であること、宛名と差出人のことをあらためて言った。

「とにかくいらないんです」

女があたしを遮《さえぎ》った。そのときには怒気は消えていて、微笑に見えるものを浮かべていた。まるで女のほうが、あたしが間違っていることを教えようとしているみたいに。

「これから出かけなきゃならないんで、長くはお話しできないんです。とにかく手紙はいりません。結構です。すみません。どうもありがとう」

　女はゆっくりとだが確実にドアを閉めた。

　もしかしたら、遺書を書いた男はまだ生きているのかもしれない。帰り道の桜の中で、あたしはそんなふうにも考えてみた。集めていた切り抜きが処分されたからといって、持ち主が死んでいるとはかぎらない。あの手紙は家族内のゲームみたいなものだったのかもしれない。ゲームでなくても、ああいった手紙を書くことは男の趣味で、そのことは家族も知っていて、みんな辟易《へきえき》しているのかもしれない。

　でも、もちろん、そうではないかもしれない。有《あ》り体《てい》に言えば、あたしのほとんどの部分は、遺書の男はもうこの世にいないだろうと思っていた。だが、どうでもよかった。あたしはある種の義憤と使命感を持ってここまで来たつもりだったが、自分の行動がちっともありがたがられなかったことによって、気がついた。あたしがここまで来たのは手紙の主《ぬし》やその家族のためではなくて、もしも理由があるとするなら、それはあたし自身や、夫にかかわっているのだ。

　封筒はまだバッグの中にあった。持ち帰って、利用するつもりだった。ある賭けを思いついていた。

夫は、店にいなかった。家の中に入ってみると、東側の狭い庭に屈み込んでいる背中が窓から見えた。窓をたたくと飛び上がるように立ち上がり、追い払う真似をする。

わけがわからず窓を開けようとすると、あたしの前を遮るように体をずらした。けれどもあたしには見えてしまった――夫の足元に横たわっている猫が。

あらためて家を出て庭に回った。夫は迎えに出てきて、あいかわらずその体であたしを遮ろうとしながら、「見ないほうがいいよ」と言った。

「車の陰で死んでたんだ。あんたが帰ってくる前に、庭に埋めるつもりだった」

あたしは頷き、夫の横をすり抜けて猫のそばに行った。

あの猫であることは間違いなかった。痩せて、毛がぱさぱさになっている。病気だったのかもしれない。しっかりと目を閉じて、眠っているように死んでいた。あまり苦しまなかったのならいいけれど、と思った。さほど悲しくはなかった。餌を食べに来るだけで、懐《なつ》いていたわけでもなかったし、可愛がっていたわけでもなかった。

「あたしのせいだわ。しょっぱいものばかりやっていたから」

ただなぜか、そんな言葉が洩れた。夫は困ったような顔であたしを見た。何か言うのかしらと思ったが、夫は黙っていた。彼の言葉を待つ短い間に、あたしは賭けのことを思い出した。

「これ、受け取ってもらえなかったの」

あたしはバッグから封筒を出して夫に見せた。夫は眉をひそめた——唐突すぎるように思えたのだろう。

「宛名の人、いなかったのか」

「いたわ。でも、いらないって言われたの。切り抜きの中に手紙が入っていたこと、知ってたみたいだった。でも、いらないんですって。手に取りさえしなかったわ」

夫は頷いた。理解したからというより、話を終わりにするために頷いたのだろうとあたしは思った。

「どうする？」

とあたしは聞いた。え？　と夫が聞き返した。

「この手紙、どうする？」

夫の答えが、あたしの賭けだった。といっても、結果はほとんどわかっていた。きっと夫は「捨てちまえ」と言うだろう。そうしたら、あたしはこの家から出て行こう。

しまった。

「埋めよう」

それはまったく予想外の答えだったので、あたしは「はっ？」とへんな声を出してしまった。

「猫と一緒に埋めてやろう」

それから夫は、穴を掘りはじめた。あたしはその背中を眺めていた。家に入ることはできなかった――あたしのバッグの中には、猫と一緒に埋める手紙が入っていたから。

埋めるというのは、捨てるのと同じことなのかもしれない。あたしはそうも考えてみた。けれども、違うということはわかっていた。すくなくとも自分が、違う、と感じていることは認めなければならなかった。だからあたしは今夜もこの家で眠るのだろう。あたしは考えるふりをしていたが、自分がそれをもう選んでしまったこともわかっていた。夫の上下する腕と、そのたびに盛り上がる肩甲骨をじっと見つめながら。

おかあさんのところにやってきた猫

角田光代

とらねこは私であるし、私の愛する生きものでもある。でも私にはいつも失敗と後悔があって、だから、また次の生を思う。もう生まれ変わらなくてもいいと思えるくらい、きちんと人を、何ものかを、愛したいと思う。絵本はずいぶん汚れてしまったけれど、この本に描かれた真実はその光をまったく失わない。

角田光代（かくた・みつよ）
一九六七年神奈川県生まれ。九六年『まどろむ夜のＵＦＯ』で野間文芸新人賞、二〇〇三年『空中庭園』で婦人公論文芸賞、〇五年『対岸の彼女』で直木賞、〇六年「ロック母」で川端康成文学賞、〇七年『八日目の蟬』で中央公論文芸賞、一一年『ツリーハウス』で伊藤整文学賞、一二年『かなたの子』で泉鏡花文学賞、同年『紙の月』で柴田錬三郎賞を受賞。ほかに『私のなかの彼女』『笹の舟で海をわたる』『源氏物語』など著書多数。

いちばん最初の記憶は、おかあさん。ふかふかのほわんほわんの女の人が、ちいさなちいさなわたしを抱いて、わたしがあなたのおかあさんよ、と言う。わたしがあなたのおかあさん。わたしのところにきてくれてありがとうね、おちびちゃん、と言う。ああ、この人がわたしのおかあさんなんだなと、わたしは安心してうとうとと眠る。

眠るたびに、わたしはおおきくなっていくような気がする。おおきくなっていくのがうれしくて、眠る。

おかあさんは、わたしが何をしても褒《ほ》めてくれる。寝ているだけだって。おちびちゃん、本当によく眠るわねえ。本当にぐっすり眠るのねえ。

そればかりじゃない。

毛がふわふわねえ。ごはん、たくさん食べてすごいわねえ。おしっこして、えらいわねえ。あらまあ、いいうんこだこと。

うんこまで褒めてもらえる！

　おかあさんがいないと、わたしはとたんに不安になる。家のなかのにおいをかいでまわる。台所も、お風呂場も、ベッドも、ソファも、押し入れのなかも、どこも違うにおいがするけれど、なぜだかぜんぶ、おかあさんのにおい。おかあさんは、牛乳や卵やせっけんやタオルや、陽《ひ》だまりや埃や湿気《しっけ》た布団のにおいでできている。

　どこにも見つからないので、玄関でじっと待つ。するとドアが開いて、まあ！　とおかあさんの声が降ってくる。まあ！　おちびちゃん、待っていてくれたのね。なんてえらい子。なんてやさしい子。わたしはふかふかのほわんほわんに抱き上げられる。おかあさんはわたしのおなかに顔を埋めて、ふふふふ、と笑う。

　おかあさんの言う「しあわせ」をわたしは知らない。おかあさんは、わたしがやってきて、しあわせなのだと言う。わたしがいつもいて、しあわせなのだと言う。それから、甘いお菓子を食べたときも、おなかいっぱいになったときも、お風呂に入ったときも、お酒を飲んで顔を赤くしたときも、天気がいいときも、洗濯ものをたくさん干したときも、言う。あー、しあわせ。本当にしあわせ。

　わたしはしあわせを知らない。おかあさんがいつもいる。ごはんはいつも用意されていて、おなかはいつもいつもいっぱい。お風呂は嫌いだから入らなくてもいい。おへやはいつもあたたかくて、わたしのベッドもあるし、おかあさんのベッドで寝てもいい。ぜんぶあたりまえのことで、「しあわせ」なんかじゃない。

おかあさんはいつもしあわせなわけではなくて、しあわせの反対のときもある。食卓に座って背中をまるめて泣いている。ベッドに突っ伏して動かない。テレビをつけたまま、でもテレビを見ていない。作ったシチュウを放っておいて、食べないうちに捨ててしまう。そういうときは、しあわせじゃない。

しあわせは知らないけれど、しあわせの反対は、わたしにもなんとなくわかる。おかあさんがいないとき、おかあさんがいないまま家のなかが暗くなっていくとき、冬の寒いとき、おなかが空いたとき、胸のあたりがざわざわして、なんとなくこわいような気持ちになる。これが、しあわせの反対。わかるから、おかあさんがしあわせじゃないときは、わたしはおかあさんのそばにいて、おかあさんがわたしにするみたいに、ぎゅっと抱きしめる。おかあさんのおなかに顔をうずめる。そうするとおかあさんは、言う。

おちびちゃん、ありがとう。あなたはやさしいのね。おちびちゃんは本当にやさしくて、いい子。すばらしい子。

おかあさんに褒められることが、わたしはだんだん好きになる。

だからわたしは、おかあさんに褒められるようなことばかりする。毛もたくさん手入れしてふわふわにして、日にあたっていいにおいにして、ごはんもたくさん食べて、おしっこも、いいうんこもする。テーブルの上に置いてある、新聞やはさみや封筒や何かの容《い》れものを、ひとつも踏まずに歩く。

壁も、ソファも引っ掻かない。

おかあさんがカメラをのぞきこんだら、動きを止めてじっとそちらを見る。

抱っこされたら、じっとおかあさんの顔を見つめる。

眠っているときに名前を呼ばれたら、尻尾をぴくぴく動かして、返事をする。

おかあさんが見ているテレビ映画を、いっしょになってじっと見る。

そういうことをすると褒められる。それがわかるとわたしはそれをちゃんと毎回できるようになる。

おちびちゃん、いい子。本当にすばらしい、おりこうな、天使のようなおちびちゃん。おかあさんがふかふかのほわんほわんのからだでぎゅっと抱きしめてくれると、わたしの体のどこかが、ぐるぐるぐるぐると震えて音をかなではじめる。自分でそうしようと思わないのに音は鳴り、止めようと思っても止められない。

おかあさんはこの音が好きだ。だからいつでも出してあげたいのだけれど、出そうと思っても出ない。でも出そうと思わなくても、わたしの体はしょっちゅうぐるぐるぐるぐる鳴っていると思う。

もしかしたら、この音が、「しあわせ」ということなのかもしれないとわたしは思う。

そうして、続けて思うのだ。わたし、もうおおきくなりたくない。だっておおきくなったら、おちびちゃん、って呼ばれなくなる。きっと褒められなくなる。抱っこしてもらえなくなる。だから、あんまりおおきくならないようにしよう。

わたしは、眠らないようにがんばってみる。なかなかにむずかしい。気がついたら眠っている。だけどあんまり眠っちゃいけない。どんどんおおきくなっちゃうから。おかあさんのおちびちゃんじゃなくなっちゃうから。

おうちの外に出ることを、おかあさんが褒めない、褒めないどころか、叱る、ということをわたしは知っている。おうちの外なんて、わたしには興味なかった。おかあさんとわたしのおうちはものすごくおおきくて入り組んでいて町みたいだし、いっていない場所も隠し扉もたくさんあって、飽きることなんてない。

外はものすごくこわいのよ、とおかあさんは言う。車もこわいし、ものすごく乱暴な猫もいて、嚙《か》まれたら病気になる虫もいる。かわいいおちびちゃんをさらって皮を剝ぐ、猫さらいもいるかもしれない。だからぜったいに出てはだめ。

猫さらい！　皮を剝がされるのを想像して、おかあさんに会えなくなることを想像して、わたしはがたがたと震える。だいじょうぶ、おうちにいればだいじょうぶよ。こわいことなんて、このおうちにはひとつもないわ。おかあさんはわたしをふかふかほわんほわんと抱きしめて、言う。

あるとき、窓から外を眺めていたわたしは、猫を見つける。日射しを受ける葉っぱの緑色を背景に、トラもようの猫が座っている。わたしよりもおおきく見えるけれど、わたしは本当は、自分がおおきいのかちいさいのか知らない。猫はじっとわたしを見ている。わたしもじっと猫を見る。緑色の目。しっとりとした茶色い毛。太くて長い尻尾。

次の日も、おかあさんが出かけてしまうとわたしは窓辺にいって外を見る。トラ猫は、まだそこにいる。じっとこちらを見ている。わたしは話しかけるために、こんにちはと言ってみる。窓の向こうの猫は、こんにちはと口だけで言う。ガラスで遮られて声が聞こえないのだ。どんな声なんだろう？　とわたしは思う。

その日は眠るときに、次の日が待ち遠しかった。そうして朝になってみれば、おかあさんが出かけていくのが待ち遠しかった。あの猫今日もいるかな？　いないかな？　ごはんをたべながら、ごはん以外のことを考えたのなんて、はじめてだ。おかあさんが出ていくのを待ち遠しく思うのも、はじめてだったけれど。

おかあさんが出かけていくと、わたしは窓際にいった。猫は、きょうもまた、同じ場所でこちらを見ている。

わたしは鼻をぴくんとさせる。香ばしいにおいと甘いにおいがする。これはおうちのなかにはないにおい。と、いうことは。

家のなかを探検する。すぐに見つかった。お風呂場の窓がほんの少し開いている。わたしは窓の枠に飛び乗って、窓を押し開け、外に出る。外がこわいということなんて、すっかりどうでもよくなっている。

外！

窓のこちらからしか見たことのない外！　こわいものがたくさんひしめいている、外！

なんでもかんでもに驚いてしまう。窓ガラスを通さない、じかの日射しのしっかりした強さ。草のにおいと、ちくちく。赤や黄色や紫に咲く花の、なんて甘いにおい。

魚のにおいもする。パンのにおいも。だれかの笑う声。ピアノの音。電線に止まる雀《すずめ》が、ゲームみたいに動く。足元は、なんだろう？　土？　土とはこんなにやわらかいのか。ちょっと掘り返してみよう。するとわらわらと何か出てくる。なんだこれなんだこれ、なんだこれ、おもしろい！　なんでもかんでもに驚いて、夢中になって、こわいもののことなんて忘れてしまう。

気がつくと、あのトラ猫がすぐそばにいる。にゃははは、と思わず笑ってしまうと、にゃははは、とトラ猫も笑う。わたしたちは土と花のにおいの混じり合うなかを、草のちくちくを感じながら飛びまわって遊ぶ。

日射しの温度がほんの少し下がって、わたしはあわててトラ猫と離れて家に帰る。一目散にトイレにいって、脚をふみふみ動かして土を落とす。草や、花びらがついていないか、体じゅうをなめてきれいにする。

おかあさんが帰ってくる。ただいまあ、おちびちゃん、おなかすいたわね。すぐごはんにしましょうね。

言われてみれば泣きたくなるほどおなかがぺこぺこだ。よそってもらったごはんをわたしはがつがつと食べる。水もごくごく飲む。ああら、えらいえらい、おちびちゃんはいい子ねえ。おかあさんが褒めている。

でも、前よりはうれしくない。

その日はぐっすり眠る。夢を見る。はじめて夢に色がついている。花の赤、草の緑、木と土の茶色、空の青、虫の銀、そしてつややかなトラもよう。わたし、こんなに高く跳べる。わたし、こんなに速く走ることができる。わたし、こんなにうまく隠れられるし、こんなに遠くまで見える。でもそんなの、だれにも褒められなくたっていい。だってこんなにもたのしいんだもの。跳ぶことが、走ることが、寝転がることが。


わたしはだんだん、おかあさんに知られないように外に出るのがうまくなる。どこかしら、いつも開いている。お風呂場の窓、二階の廊下の窓。開いていないときは、庭に面したガラス戸の鍵を、ぴょんと跳んで前脚でかちゃりと開ければいい、そんなことまで覚えた。

このおうちが、飽きることないくらい広いと思っていたわたしは、なんて世間知らずな赤ん坊だったんだろう。外はおうちの何千倍も何万倍もある。空も何百倍もおおきくて、それに海もある。海じゃなくて川だとキジが教えてくれたけれど、この流れはやがて海にどうどうと流れこむのだそうだ。海、というのは、ものすごくおおきな水たまりで、空とおんなじ色をしているそうだ。

キジというのはお友だち。いちばんさいしょに仲よくなったオスのトラ猫が、友だちをたくさん紹介してくれた。キジ、ボス、メスボス、クロ、せんべい、おかっぱ、メロンパン。わたしのように飼われている猫も、飼い主がいなくてひとりで暮らしている猫もいる。猫たちは、ときどき夜に集まっておしゃべりをする。だれが妊娠をしたとか、だれが病気になったとか、だれが人間と暮らすことにしたとか、どこにおいしいごはんがあるかとか、どこに敵チームの猫がいるとか、意地悪で凶暴な犬がいるとか、そういう話。

この夜のおしゃべりに加わるようになってわかったことがいくつもある。

外はこわいところではない。猫さらいなんていないし、病気をうつす虫だっていない。こわい猫はいるらしいけれど、その猫の住まい近くまでいかなければだいじょうぶ。外は、おうちなんかよりだんぜんすてきでおもしろいところ。

わたしの本当のおかあさんは、あのふかふかほわんほわんじゃない。あの人は飼い主で、わたしのおかあさんは、わたしを産んでからどこかほかの、遠い町に引っ越してしまったらしい。このあたりでいちばん長生きしているボスが教えてくれた。おかあさんの産んだ子どもたちが、この町や隣町に捨てられた。捨てたのはもちろんおかあさんではなくて、おかあさん猫の飼い主。だからもしかしたら、わたしのきょうだいはどこか近くにいるかもしれない。

それから、わたしはぜんぜんいい子でもないし、やさしくもない。みんな、わたしよりもたくさんごはんを食べるし、わたしよりも立派なうんこをするし、わたしよりも毛繕《けづくろ》いがうまく、わたしよりもうんとやさしくて物知りだ。わたしなんて、ちっともとくべつじゃない。

外に出るようになってわたしがわかったことっていうのは、煎じ詰めてみればただひとつ。

おかあさんは嘘つきだ、ってこと。

おちびちゃん、いい子にしてた？

おかあさんが帰ってきてわたしを抱き上げる。ふかふかでほわんほわんでいいにおい。でもねおかあさん、わたし、もう「ちび」なんかじゃないんだよ。ほかの猫よりずっとずっとおおきいし、おデブだよ。

ああ、いい子ねえ、おちびちゃん。世界でいちばんいい子。世界でいちばんかわいい子。世界でいちばんやさしい子。

おかあさんは鼻歌をうたいながらわたしのごはんを用意する。自分だっておなかが空いているのに、いつもいつも、まずわたし。ほーら、おちびちゃん、ごはんですよう。わたしはお皿に顔を突っ込んでむしゃむしゃ食べる。おかあさんはその様子をうっとりと眺めて、それから、四つん這いになってわたしのトイレを掃除する。ああ、今日も立派なうんこをなさいました、なんて言っている。馬鹿みたいだ、うんこに立派も何もあるもんか。さっさと自分のごはんを食べたらいいのに。

おかあさん、わたし、いい子でもないし、かわいくもない、やさしくもないんだよ。どんなに言っても、おかあさんはわたしの話を聞こうとしないから、だんだん、腹がたってくる。いい子でもない、やさしくもないわたしを認めろ！　自分の願いを押しつけるな！　本当のわたしをちゃんと見ろ！

思い知らせてあげようと、おかあさんが出かけたある日、わたしは家じゅうを走りまわる。

ティッシュの中身をぜんぶ出す。テーブルにのったお皿をぜんぶ落とす。ゴミ箱をひっくり返す。ごはんの袋を噛みちぎる。観葉植物を押し倒す。にゃははははは。だんだんたのしくなってくる。布団を引きちぎるのは難しかったけれど、枕は何度か噛んだら引きちぎれた。鳥がわーっと飛び出してきたみたいに、真っ白い羽がふわふわ、ふわふわ、部屋じゅうに舞って、きゃあああ、なんてたのしいんだろ、つかまえるためにわたしは走りまわる。今度はトラ猫も入れてあげよう、いっしょに遊ぼう。さんざん走りまわったら疲れちゃって、おかあさんのベッドでまんまるくなって眠る。

まあ！　という声で目を覚ます。目は覚めたけれど、わたしは起きない。きっと怒られるから。まるまったままで、じっと目を閉じている。

まあ、どうしたの、これ！　おかあさんの声が聞こえる。まあ、まあ、おちびちゃん、いたずらしたのね。ティッシュが、お皿が……。こんなの、はじめてじゃないの、どうしちゃったの。

おかあさんの声が近づいてくる。おちびちゃん？　まあ、枕が……。おかあさんが絶句している。ね、ほら、わたしはとってもわるい子なんだよ。

するーっと、わたしの頭をやわらかいてのひらが撫でる。強くやさしく撫でる。怪我《けが》していないわね？　おちびちゃん、どこも怪我しなかったわね？　まあ、こんなに羽をかぶって、天使みたいだわね、おちびちゃん！

おかあさんはまるまるわたしを抱き上げて、ふかふかのほわんほわんのなかにぎゅっと抱きしめて、笑う。あはははは、天使みたい、なんてかわいいのかしら。

おかあさんの笑うのが、おなかの振動からつたわってくる。わたしのぐるぐるみたい。この人、しあわせなんだわ。こんなにわるさをされたのに、しあわせなんだわ。わたしは呆《あき》れてしまう。

その日、町じゅうが金色になっても、太陽が赤みを帯びて建物の向こうに消えても、そろそろと空に深い青のカーテンがかかっても、わたしは帰らない。草のちくちくのなか、トラ猫と追いかけっこをして遊び続ける。疲れたら寄り添って、おたがいの毛をきれいになめる。トラ猫がわたしをなめてくれるのは、おかあさんに撫でられるのよりずっとずっと気持ちがいい。

わたしたちは寄り添ってうとうとと眠る。おうちのなかよりちょっと暑いけれど、がまんできないほどではない。おなかが空いて目が覚めて、そのことをトラ猫に訴える。トラ猫はわたしを連れて、空のカーテンが完全にしまった暗い道を歩く。

夜の町。なんてきれいなんだろう。窓から見るより、月はもっと白くておおきい。夜にも影ができる。寄り添って歩くわたしとトラ猫の影。お店の明かり、影みたいにゆらゆらと歩く人々。油のにおい、焼いた魚のにおい。ものかげにひそんで、ちらりとこちらを見るほかの猫。よそのおうちの黄色い明かり、窓から聞こえる笑い声。ずっと奥まで並ぶ電灯、その光を映す川。どうどうと海に流れこむ川。夜は海もこんなに暗い色になるんだろうか。

だれも住んでいないおうちの、草ぼうぼうの庭にごはんがある。古びた、でも汚くはないお皿に、カリカリがたくさん入っている。猫を飼っていない近所のおばあさんが、外で生きる猫たちのために、毎日ごはんを用意してくれるのだとトラ猫は説明する。でも、ほかにもたくさん、ごはんはある。鳥も鼠《ねずみ》も食べられるし、お弁当の残りもハンバーガーも食べられる。食べちゃいけないものは、へんなにおいがするからよくわかる。そういうごはんが見つけられないときは、ここにくれば、いつでもごはんはあるんだよ。そう言って、トラ猫はじっとわたしを見る。まるで、ずっといっしょに外で生きていこう、と誘うみたいに、じっと。

どぎまぎする。はじめての夜。はじめてのお外。はじめての、知らないごはん。

次の日、夜が終わって、おかあさんが出かける時間を待って、わたしはおうちに帰った。昨日のごはんはおなかいっぱい食べたし、公園の水たまりでのどもうるおしたけれど、正直、おうちのごはんのほうがおいしい。草ちくちくの上でトラ猫と寄り添って眠るのはうっとりと気持ちがよかったけれど、カラスや、人の気配がするとすぐ目が覚めてしまって、ゆっくり眠れなかった。用意してあるごはんを食べて、涼しいお部屋の、やわらかいクッションが置いてある自分の寝床で、ゆっくり寝よう。そう思いながら開いている窓をさがしていると、ガラス戸がぱしゃりと開いて、いないはずのおかあさんが裸足で走り出てきた。わたしを抱き上げる。あれ。今日はおでかけしていないの。

おちびちゃん、おちびちゃん、どこにいってたの。わるい子だ、心配した、うーんと心配したの、もういなくなっちゃったのかって、会えないのかって、どうしていいかわからなかったんだから。ああ、もう、わるい子、ひどい子。

おかあさんは泣いていて、その涙がわたしの毛を濡らす。トラ猫がせっかくきれいにしてくれた毛を。

毛が濡れるのがいやだから、おかあさんの涙をなめただけなのに、おちびちゃーん、とおかあさんは大声で叫び、帰ってきてくれてありがとううう、と叫ぶ。わるい子なんかじゃない、ちっともわるい子じゃない、帰ってきてくれた、帰ってきてくれたんだからいい子、本当にいい子、世界一いい子。もうどこにもいかないで、どこにもいかないでおちびちゃん。

えっ。せっかくわるい子だって気づいたのに、訂正されてしまった。わたしは舌打ちをするが、おかあさんは、おんおんと泣いていて、気づかない。

そうして、おそろしいことが起きた。

その日から、開いている窓はひとつもなくなったのだ。わたしがぴょんと跳んで開けられる鍵も、鍵に、何かべつの鍵がついていて、それはわたしの力ではぜったいにあけることができない。

窓という窓、ドアというドアの、どの鍵も、鍵に鍵がつけてある。ぜったいにあかない。おかあさんが出入りするときに玄関に走っていっても、おかあさんは自分の体のぶんしかドアを開けない。

おかあさんはすべての鍵をかけ、すべての鍵の鍵をかけ、ぜんぶかけ終えたか確認して出かけていく。

おちびちゃん、いい子いい子で待っててね。おかあさん、すぐに帰りますからね。

鍵に鍵のかかったガラス戸のところまでわたしは走る。カーテンの裏に入る。緑の葉のなかに、くりぬいたようにトラ猫が座っている。

出られないの。わたしは言う。声が聞こえなくても、言っていることはわかるはず。

出られないの？　トラ猫はかなしそうに言う。

そう、出られないの。

出られないのか……。

ガラスをはさんで、わたしたちは見つめ合う。

草のちくちく。白い月。電灯を映す川。ひんやりしたコンクリート。わたしたちの影。猫たちの集まり。太陽のにおい、知らないおうちの明かり。電線の雀、公園の鳩。名前を知らないたくさんの虫。おうちの外にある、すべてのもの。

もう、遊べない。

もう、遊べないのか……。

わたしはこのとき、はじめての感情を知る。

おかあさんなんてだいきらい。

きらい、という気持ちが、あんまりにも強くて黒いので、おどろいたわたしはあわてて打ち消す。そんなことはない。毎日わたしのごはんを用意してくれるおかあさん。自分のごはんをあとまわしにするおかあさん。きれいな寝床とトイレを用意してくれるおかあさん。わたしを世界一好きでいてくれるおかあさん。どんなにわるいことをしても、わたしを褒めてくれるおかあさん。わたしの、いちばん近くにいる人。きらいなんてはずがない。黒い思いはまちがっている。わたしがちゃんと帰ってくるってことがわかれば、こんなに黒い思いはまちがっている。

でも、外に出られなかったら、わたしがちゃんと帰ってくると、どうやってわかることができるのだろう？

わたしはトラ猫を見る。前脚をきちんとそろえて、じっとわたしを見るトラ猫。

やっぱり、わたし、おかあさんなんて、だいきらい。だいきらい。だいっっっっっっきらいだ！

わたしは計画や予行演習が苦手だから、それはたんなる偶然だった。おかあさんがほんの数秒、ドアをあけはなしたままにしたのだ。ドアをあけ、だれかから重い荷物を受け取って、その重い荷物をどっこいしょと廊下に置いて、はんこを手にとる、その数秒、重い荷物を持ってきただれかはドアをあけたままにしていて、今だ！　と体のぜんぶで感じたわたしは一目散にドアを出て、知らない人の脚のあいだをひょいって抜けて、走った、走った、走った、走った。おちびちゃん、おちびちゃーん、とわたしを呼ぶ声が聞こえたけれど、止まらずに、走った、走った、走った、走った。知らない猫たちの陣地に入ってしまっても、とにかく走った。もう帰らない。二度と帰らない。決めていた。おなかが空いても、ミルクが飲みたくなっても、ふかふかのほわんほわんに抱っこされたくなっても、日の当たるクッションの上で眠りたくなっても、暑くても、寒くても、ぜったいにわたしは帰らない。

やさしくなんかしない、えらいことなんかしない、いい子なんかじゃない、おちびなんかじゃない。おかあさんに思いこまされたわたしではなくて、ちゃんと、わたし自身でわたしは生きていく。

そうしてわたしはわたしをちゃんと生きている。生きていると思う。

もちろん、たのしいことばっかりではない。わたしは二度とあのトラ猫に会うことはできなかった。離ればなれになってしまった。走って走って走った先がどこのなんという町か、わからなかった。見知ったあの町に帰ろうかと思ったけれど、そうすると、おかあさんに見つかる可能性が高くなる。トラ猫に会えないのはさみしいけれど、猫だもの、いつか、わたしをさがしてこの町にやってくるかもしれない。ここにいたほうが安全だ。

逃げた町で、最初はそこに住む外の猫たちにずいぶんと意地悪されたし、喧嘩も挑まれた。内側がきれいなピンク色の耳だって、壮絶な喧嘩でほんの少しちぎれてしまった。けれど外に出られるおうちの猫たちがとりなしてくれて、なんとか、その町で生きることを認めてもらった。一度認めてくれると、みんなとても親切だ。猫って案外気のいい生きものなのだ。自分のものをうばわれない、とわかりさえすれば。

　この町でも草はちくちくしたし、海にどうどうと流れこむ川も流れていた。雀と鳩も虫たちもいた。公園もあって、だれかがごはんをくれるごはん場所もあった。

　ときどきものすごくおなかが空く。寒くて死んじゃうかもしれないと思うときも、暑くて動けないときもある。トラ猫はちっともやってこない。泣きそうになることもある。未《いま》だにある。でも、帰ろうだなんて思わない。トラ猫みたいに仲よくしてくれる猫もいる。黒と白のわたしよりもずっとおおきな猫だ。わたしたちは寒いときは折り重なりまるくなって眠り、暑いときはおなかを見せ合って眠る。そうして眠っていると、ぐるぐるぐるぐると体のどこかが震えた。ああ、わたし、今、とってもしあわせなんだと、それで知る。おかあさんがいなくても、こんなにもしあわせなんだ。

　あなた、おちびちゃんね、と、この町の若猫に言われたときは驚いた。

　若猫は遠出が趣味で、川沿いをずっと歩いていったところ、遠くの、うんと遠くの町で、わたしの顔を見たのだという。あちこちにわたしの顔はあるらしい。そのわたしの顔の上に、なまえ、おちびちゃん、とか、名前を呼ぶと尻尾をぴんぴん動かします、とか、お水を飲むとき、かならずこぼします、とか、いろいろと書いてあったそうだ。おおきさとか、尻尾の長さとか、好きな缶詰とか、そんなことまで。

おかあさんがわたしの写真にわたしの個人情報を書きつけて、さがしているんだ、とすぐにわかった。そうして、おかあさんのことをすっかり忘れていたことを思い出した。

こっちまで、さがしにくるかな、とわたしが若猫に問うと、うーんと遠くだからだいじょうぶだと思うよ、と若猫は答えた。きたらまた逃げればいいじゃないか。そうだ。きたらまた、逃げればいい。

それからときどき、おかあさんのことを思い出すようになった。たまにちょっと胸がいたむ。おかあさんの声を思い出したり、わたしのトイレを掃除している、おかあさんの大きなおしりを思い出したりしたときに。おかあさん、泣いているかな、と思うと、心臓のあたりがずきずきと痛む。わたしは寄り添ってあげられないし、涙をなめてもあげられない。

心臓のあたりがあまりにも痛んだとき、わたしは若猫に、遠くの町にいって、まだわたしの写真があるかどうかみてきてほしいと頼んだ。お礼はお刺身。お魚屋さんから盗むから。

その日の夜に旅立った若猫は、二日後に帰ってきて、わたしの顔はもうどこにも見なかった、と言った。

わたしはその場でくねくねと倒れこむくらい、安心した。おかあさんはわたしのことを忘れたんだ。きっと、あたらしいおちびちゃんがやってきたに違いない。その子はわたしよりずっとかしこい、ほんもののいい子で、外なんかぜったいに興味を持たない。おかあさんのそばで眠っておかあさんの涙をなめてあげるに違いない。ああよかった。よかった。本当によかった。心臓の痛みはぴたりとおさまった。最後に、ちくり、ととげとげ葉っぱを踏んだように痛んだけれど、それがなんだったのか、わたしにはわからない。ともかく、よかった。わたしはがんばって魚屋の店先から、生の鰺《あじ》を盗んで、若猫に渡した。

仲のよかった猫が眠るように死んでしまった。

その猫が死んでしまうと、わたしは昔のことばかり思い出すようになった。トラ猫や、それから、おかあさんのこと。わたしは前よりもずっとたくさん眠るようになった。前は、眠るとおおきくなったけれど、今は眠るとちいさくなる気がする。実際のところはわからない。眠ると、夢におかあさんやトラ猫や、クロやせんべいやボスが出てくる。起きてぼうっとしていると、やっぱりおかあさんやトラ猫や、メロンパンやメスボスのことが思い出される。

あるとき、わたしは決意する。

仲のよかった猫はもういない。わたしは今ひとりきり。わたしに子どもを産むことはできなかった。

眠っているうちにどんどんちいさくなって、そのうちわたしも死ぬんだろう。だったら、あの町に戻ってみよう。トラ猫も、メロンパンもクロもいないかもしれない。おかあさんなんて、わたしよりずっと年をとっているはずだから、ますますいないかもしれない。でも、ここで毎日思い出しているよりはまし。ずーっと遠くだけれど、休み休み進めば、いつかつくだろう。

そうしてわたしは長く住んだその町の猫たちに挨拶をして、旅に出る。

あの町にさしかかったとたん、すぐにわかった。公園、川。このにおい。三日間の旅で、疲れていたけれど、気がついたら走り出していた。木々に囲まれたあのおうちが見えてきたときは、泣きそうになった。おうちはわたしが覚えていたときよりも、古くてぼろくてちいさい。でも、あのままだ。庭はあのときよりも草がのび放題で、木ものび放題で、より遊び場らしくなっている。けれどトラ猫のすがたは見あたらない。わたしはガラス戸に近づいてなかを見る。カーテンの向こうに目をこらす。なつかしい部屋が広がっている。テーブル、ソファ、廊下に続くドア。だれもいない。おかあさんは出かけているらしい。

わたしは町をぐるりと一周してみる。知らない猫が増えていたけれど、知っている猫に会うこともできた。せんべいと、飼い猫のクロだ。なつかしい、なつかしい、わたしたちはぐるぐるまわってよろこぶ。

トラ猫は少し前に死んでしまったそうだ。ボスとメスボスとメロンパンは、ふらりとどこかにいってしまったという。きっと死んだと思う、とクロが言う。死ぬすがたを見せたくないから旅に出たんだと思う、と。

外で生きる猫はおうちの猫よりも早く死んじゃうんだよね、とせんべいが言う。せんべいもずいぶんと年をとった。毛も薄くなっている。おうち猫のクロは、やっぱり毛づやがいいし、ちっとも老《ふ》けていないように見える。でもさ、健康のため、なんていって、ごはんの味なんかしやしないんだ、苦いへんな薬を飲まされたりもするしね。

夜の集まりでまた会うことを約束して、わたしはおかあさんのおうちに戻る。もうそろそろ、帰ってくるころのはず。

わたしはガラス戸の前に座る。ずっと前、トラ猫がそうしていたように。

部屋のなかからべつの猫がやってくるのではないかと思ったけれど、そんな気配はない。空がどんどんカーテンをしめはじめ、部屋のなかも暗くなる。おかあさん、どうしたんだろう。今日は帰らないのかな。

ぱっと目の前が明るくなって、カーテンの向こうに、おかあさんが見えた。間違いない、あれはおかあさん。よぼよぼのおばあちゃんになっているだろうと思っていたのに、あのころと、あんまり変わっていないみたい。わたしのほうがよっぽどよぼよぼだ。

おかあさんはテーブルの上に何かを並べながら、ふと、こちらを見、首をかしげて、近づいてくる。

おかあさん。わたしよ、おちびちゃんだよ。

カーテンが開く。部屋の光がぐっと強まる。ガラス戸が開く。絵が額縁から出てくるみたいにおかあさんがわたしのところにやってくる。

どうしよう、と一瞬迷う。またつかまえられて、鍵の鍵をしめられるかも。逃げたほうがいいかも。だって、わたしにおうち暮らしなんてもう二度と無理。そうだ、逃げよう、と思ったときに、おかあさんの両手に抱えられてわたしはふわりと宙に浮く。

「まあ、ねこちゃん、どうしたの、どこのねこちゃん？」

おかあさんはわたしをのぞきこんで訊く。えっ。わたしのこと、わからないの？

「のらちゃんかしら。おなかすいたの？　何かあげたいけど、うちには猫のごはんなんにもないわ。それに、勝手にごはんをあげると、最近じゃ、近所の人がうるさいの。ごめんなさいね」

おかあさんはわたしを抱きしめることなく、元いた場所にふわりと下ろす。

えっ。おかあさん、わたしがわからないの。おちびだよ、あんたのおちびちゃんだよ。世界一いい子の、世界一かわいいおちびちゃんだよ。

「わたしもね、昔々、猫を飼っていたことがありました」おかあさんはしゃがみこんで、わたしに向かって言う。わたしがその猫だってば。どうしちゃったの？　ぼけちゃったのかしら？　人間って、年をとるとぼけて、なんにもわからなくなるんでしょう？　そんなに年をとったように見えないけど、そんなふうになっちゃった？「かわいいかわいい、世界でいちばんかわいい猫でした。おかあさん。わたしたち、とっても仲がよかったんだけれど」だから、それはわたしだよ、おかあさん。「それは勘違いだったみたい。あの子はわたしのところから、逃げたくてたまらなかったのね」おかあさんは立ち上がる。わたしを見下ろして、にっこりする。「ごはんはね、決められたところに置いてあるはずよ。そういう決まりになったの。ここいらには猫がたくさんいるから、だれかに訊けば教えてくれる」おかあさんが背中を向ける。ガラス戸を開いてカーテンをめくる。ふりむいて、言う。「また、いらっしゃい。なんにもあげられないけどね」そうして部屋のなかに入ってしまう。

おかあさんがぼけたんじゃなくて、わたしが変わりすぎて、わかってもらえないんだと、はじめて気づく。

わたしは毎日その庭にいる。最初は、おかあさんを見るつもりでそうしていたのだけれど、だんだん、動けなくなってきてしまったのだ。おかあさんを心配させるといけないから、隠れている。おうちのなかからは見えない木の陰にいる。せんべいやクロや、あたらしいこの町の猫、シロやおうち猫のナナが、ときどき食べものを届けてくれる。寒い日にはどこからか新聞紙や布きれを持ってきてくれる。木が屋根になって、雨が遮られるのがいい。葉っぱのあいだから日がさせば、あたたかい。眠る時間がどんどん長くなる。たくさん夢を見る。仲のよかった猫と追いかけっこをしたり、たがいの体をなめてきれいにしたりしている。トラ猫と草ちくちくのなかでチョウチョを追いかけて遊んでいる。生のさかなを分け合って食べている。おかあさんに抱きしめられている。おかあさんの涙をなめている。パンのにおい、せっけんのにおい、あたたかいシーツの感触。

もしもう一回、このおうちにつれてこられて、おかあさんのことを大好きで、だいきらいになることなんかなくったって、でもわたし、きっと逃げちゃっただろうな。それで、ほかの猫たちといっしょに体を寄せ合って生きるだろうな。そうなることがわかっていても、おかあさんはきっと、赤ん坊のわたしを見つけたら、やっぱりつれて帰るんだろうな。きっとこの子はいつかいなくなる、そのとき、心がはりさけるくらいかなしむだろうとわかっていても。どうしてかしらね、おかあさん？　そんなふうにきまっているの？　でも、どうしてわたし、そんなふうにおかあさんの気持ちがわかるのかしら。わたしはおかあさんになったことなんか、ないのに。

ふわりとわたしの体が浮き上がる。あ、今、わたし死んだのかもしれない。

それはちっともかなしいことではない。仲のよかった猫もトラ猫も、ボスもメロンパンもみんな死んだ。それはふつうのことだもの。

ふかふかの、ほわんほわんに包まれる。ああ、あたたかい。いいにおい。気持ちいい。わたし、死んだんだ。死ぬってこんなに気持ちのいいことだったのか。目を開けて、何が見えるか知りたいのだけれど、開かない。でも、開かなくてもわかる。きっときらきらしているんだろう。トラ猫を見つけたあのときみたいに、赤や黄色や紫や、青や白や緑、たくさんの色が、きらきらきらきら光っているんだろう。

また、きてね。耳元で声がする。また、ここへきてね。

うん、くるわ。わたしは答えるけれど、きっと声は出ていない。でも、言う。くるわ。また。何度でも。あなたにまた、会えるまで。

ありがとう。声はささやく。

どういたしまして。こちらこそ、ありがとう。わたしもつぶやく。

そうしてそのとき、わたしは知る。

次に会うとき、わたしがおかあさんで、おかあさんが赤ん坊だ。おかあさんは、わたしがはじめて産む赤ん坊。いつか捨てられるとわかっていても、わたしはいっしょうけんめい赤ん坊の面倒を見る。捨てられるために面倒を見る。

そのときおかあさんは、おかあさんではない。名前のない、ひとりの女だ。だからわたしは名前をつける。

そのときわたしはおちびちゃんではない。おかあさんでもない。名前を持った、ひとりの女だ。赤ん坊は、わたしの名前を知らないけれども。

ひとりの女はひとりの赤ん坊を抱き上げて、わたしのところにきてくれてありがとう、と笑う。間違えずに、わたしのところにたどり着いてくれて。

今、目が開かないのにその光景が見える。

ねえ、わたしをちゃんと見つけてね。わたしは言うが、ぐるぐるぐる、と鳴る音がそれを消してしまう。ぐるぐるぐるぐるぐる。ぐるぐるぐる。声も出ないのに、どこかが震えて音が出る。止めようと思っても止まらない。

ああ、わたし、しあわせだったんだなあと、その音を聞きながら、ふたたび知る。

百万円もらった男

町田康

愛に飢いて義に餓えるとき命とその物語が前半と後半にわかれ別次元に突入しつつ前半と後半を突入したものが時間を超えて前後を貫いてあることを知り、ああ、これが命だったそうだったと思うその思いがありてあるなり冬の寒い日夏の暑い日。

町田康（まちだ・こう）

一九六二年大阪府生まれ。歌手活動の傍ら九六年に『くっすん大黒』で小説家デビュー。同作品で野間文芸新人賞とドゥ マゴ文学賞、二〇〇〇年「きれぎれ」で芥川賞、〇一年『土間の四十八滝』（詩集）で萩原朔太郎賞、〇二年「権現の踊り子」で川端康成文学賞、〇五年『告白』で谷崎潤一郎賞、〇八年『宿屋めぐり』で野間文芸賞を受賞。ほかに『夫婦茶碗』『パンク侍、斬られて候』『浄土』『ホサナ』『湖畔の愛』『猫のエルは』など著書多数。

男は困惑していました。

男は日が射さないじめじめした部屋の壁に凭《もた》れて長いこと動かないでいました。

男は誰に言うとなく言いました。

「ああ、腹が減った。動くと腹が減るのでじっとしていたら、腹が減りすぎて動けなくなってしまった。ならば出前でもとればよいのだが金がなくてそれもできない。なんでこんなことになってしまったのか」

男はギター弾きでした。

男の奏でる音楽は仲間内でも評判がよかったのですが、男は劇場のマネージャーに嫌われていたため、あまり仕事を貰えず、年中、貧乏をしていました。

それでもなんとか飢えない程度には仕事を貰えていたのですが、この三ヵ月間は、まったく仕事がなく、わずかな蓄えも底をつき、男はついに一文無しになってしまったのでした。

「六万八千円の家賃を先月から滞納している。今月も滞納すれば俺はこの部屋を追い出される。そうすると俺は宿無しだ。宿無しになるのと女に振られるのとではどちらが悲しいのだろう。きっと同じくらい悲しいはずだ」

と、男は嘆きました。男は半年前に女と別れました。女は同じ劇場に出ているダンサーでした。美しい顔としなやかな身体を持つ女を思い切ってデートに誘ったところ、思いがけず女は応じてくれました。女は男の奏でる音楽が好きだったのです。

ところが二度逢い、三度逢って、また誘ったら断られました。

「あなたの音楽は好きだが、普段のあなたはちっともおもしろくない。また、あなたには将来性がない。私は自分の人生を大切にしたい。別れたい」

と、女はそう言いました。男としても、そこまではっきり言われて反論の余地もなく、これを受け入れるより他ありませんでした。

金のことから女のことを思い出し、切ない気持ちになった男は、自分でもそうしていることを意識しないまま左手を伸ばしました。いつもそこに立てかけてあるギターを取ろうとしたのです。

ところが左手は虚しく宙を彷徨《さまよ》いました。ギターはとっくにパンやワインやケータイ代になっていました。そのパンやワインもいまやありませんでした。男の周りにはなにもありません。

ああ、まるで目が眩《くら》むようだ。

と、男は思いました。日が暮れかかっていました。習い始めたばかりのたどたどしいピアノの音がどこかから聞こえてきました。


男は飛び上がりました。突然、ケータイが鳴ったからです。このところ男に電話がかかってくることは滅多になかったからです。表示された番号は知らない番号でした。先月、消費者金融で五万円借りたが、まだ、返済日じゃないはず。或いは返済日を間違えていたのか。そう思いつつ男は電話に出ました。

「＊＊＊さんですか」

「はいそうです。返済の件ですか」

「返済？　なんのことです」

「あ、違うんですか。あ、よかったよかったよかった。でも、じゃあ、なんですか」

「仕事を頼みたいんですよ」

「え、マジですか。ああ、あの、よろしく、よろしくお願いします」

「こちらこそよろしくお願いします。それで急で申し訳ないのですが、いまから出られますか」

「ああ、いまからですか。困ったなあ。実は手違いでいま手元にギターがないんですよ」

「それはけっこうです。とにかくいらしてください」

「わかりました。どこに行けばいいですか」

そう問うと電話の主は男がいつも出ている劇場の近くの喫茶店を指定しました。

男はこれまでその店に入ったことがありませんでした。毎日のように前を通っていましたが、古くさい感じのその店には入りたくなく、いつもは今風のチェーン店に入っていました。

男は店内を見渡しました。真ン中が膨らんだ白い円柱があり、ところどころに彫刻や植物が置いてあり、池と噴水があり、ところどころに紗《うすぎぬ》の幕があり、湾曲した階段がありました。階段の手すりは金色でした。池には錦鯉《にしきごい》が泳いでいました。

客は少なく、顔色の悪い中年の男がひとりいるばかりでした。注文を取りに来たタイ人のような女性にコーヒーを頼み、それが運ばれてくる頃、自動ドアーが開いて、背の高い、白シャツに黒ズボンを穿いた男が入ってきました。男は手首にゴールドのチェーンを巻き、信玄袋を持っていました。背の高い男は男の姿を認めると、迷わず真っ直ぐに歩いてきて、男の前に座り、「初めまして。八甲田大八《はっこうだだいはち》です。大八《だいは》っつぁん、と呼んでください」と言って名刺を差し出しました。

大八っつぁんはすぐ用談に入りました。大八っつぁんは男に、あなたの才能を買いたいのです。と言いました。男の才能には価値がある。ところが世の中の人はそれに気がつかず、男は正当な処遇を受けていない。それは見るに忍びなく、そこで大八っつぁんが男の才能を買いたいがいかが。売る気はあるか。という意味のことを言ったのでした。

男は、やはり努力は無駄ではない。見てくれている人がいたのだ、と思い、大八っつぁんに感謝し、音楽の神に感謝しました。と、同時に大八っつぁんの厚意にも報いたい、大八っつぁんの役に立ちたい、とも思いました。才能を買う、ということは大八っつぁんは、いま出ている劇場よりもっと大きな劇場の支配人かなにかで、そこに出ろということ、或いはもっと別の立場で、もっと大きな舞台に出ろということかも知れないが、どちらにしても、大八っつぁんの厚意にできるだけ報いたい、というのはその期待を裏切らない演奏をしたいし、それになにより、そうして活動の場を与えられるのはうれしいことだ。けれどもそれも相手のニーズによる。相手がどんなものを欲しているのか、それを見極めることが大事だ。それをしないで突っ走ると相手の気分を害して、折角の好機を台無しにしてしまう。そう思った男は問いました。

「わかりました。そう言って貰えるの、すっげ、うれしいです。それで、あの、ひとつだけ聞きたいんですけど、俺は具体的になにすりゃあいいんですかね」

大八っつぁんは言下に答えました。

「なにもしなくていいんです。私はあなたの才能を買いたいだけです」

大八っつぁんの答えを聞いて男はがっかりしました。ああ、そうなんだ、そういうことなんだ。と思いました。買いたい、などと偉そうなことを言っているが、そこに仕事が介在しないのであれば大八っつぁんは、劇場の支配人とかそういうことではなく、ただの男の音楽のファン、ということで、結局は、俺はそんなものは貰ったことはないが、楽屋にときどき届く豪勢な花束やチョコレートとたいして違わないということだ。アハハン。一瞬でも期待して損したな、と思ったのでした。

しかし男はすぐに、けれども、と思い直しました。

けれども、買いたい、と言った以上、まさか、ぬいぐるみや花束ということはなく、少なくとも幾ばくかの現金だろう。たとえそれが五千円であってもいまの俺には干天の慈雨。それはそれでありがたく貰っておけばよいのではないか。

そう思った男は大八っつぁんに言いました。

「わかりました。ありがとうございます。売ります。でも、はっきり言って八甲田さん、いくらで買うおつもりですか」

「いくらだったら売って貰えますか」

「そうですねぇ、俺も五千と言われたら泣きますねぇ。せめてその倍はないと」

「あああ、やっぱりねぇ、いいものは高い、と言いますが本当ですねぇ。一億はおろか、五千万でも僕には無理です。諦めます。さようなら」

「待ってください。ちょ、ちょっと待ってください。いまなんて仰《おつしや》いました？」

「いやだから、五千万は無理だと」

「それって、円、ですよね？」

「はい」

「ジンバブエドルとかじゃないですよね」

「はい」

「そうですかー。困りましたけど、じゃあ、いくらだったら買えるんですかね」

「百万円が限界です」

「ああ、そうですか。たった百万円ですか。この俺の巨大な才能が百万円ですか。うーん。しょうがないな」

「駄目ですか」

「売りましょう」

「はい。ではここに百万円ありますので。どうぞお納めを」

「毎度ありがとうございます。領収書は必要ですか」

「いりません。じゃあ、これで」

「もう、よろしいのですか」

「ええ、じゃあ、私はお先に失礼します。ここの支払いはお願いしますよ」

「わかりました。さようなら」

「さようなら」

挨拶をして大八っつぁんは出ていきました。テーブルのうえに百万円の札束がありました。隣の隣の席の顔色の悪い男がその札束と男の顔をジロジロ見ていました。男は周章《あわ》てて札束を上着の内ポケットに入れ、そそくさと店を出ました。ドアーを開けると、外には、音楽や人の話し声や自動車や建設現場のノイズが充満して、信じられないくらい喧《やかま》しく、男はこれらの音がのしかかってくるように感じました。

男はほくそ笑みました。男の前に百万円の札束がありました。正確にはさっきの喫茶店代を払ったので九十九万九千円でしたが、しかし、おおよそ百万円という大金が男の前にあったのです。男がこんな大金を手にしたことはかつてありません。

男は百万円を摑み、これに頰ずりして、「おほほ。僕の可愛い百万円ちゃん」と言うと、後ろ向きに倒れ、百万円を抱いて床を転げ回りました。四つん這いになって百万円を顔に押しつけ、尻をたっかくあげて、おおおっ、おおおおっ、と雄叫《おたけ》びを上げつつ、尻を左右にグニグニ振るなどしました。

ひとしきりそんなことをしていた男はやがて正気に戻り、立ち上がって言いました。

「こんなことをしている場合ではない。とりあえず、飯を食べに行こう。おほほ。そうだ。普段から行きたくて行きたくてたまらないのだけれども高いから行けず、いずれ出世したら絶対に行ってやろうと思っていた焼き肉店に参り、思うさま肉を貪《むさぼ》り食ってやろう。生ビールや焼酎をがぶ飲みしてやろう」

そう言って男は、札束が分厚すぎて財布に入りゃしねぇ、とこぼしながら札束をポケットに入れて近隣の焼き肉店に出かけていきました。

男は生ビールとカルビとハラミとタン塩とレバ刺しとキムチとビビンバを誂《あつら》え、ビールもそういってこれを貪り食らい、食らい終わって、ウウム、と呻《うめ》きました。

「ウウム。あまりにもガキのように貪り食らったため、その旨《うま》みというものを存分に味わうことができなかった。このうえは、さらに注文して、今度はよく味わって食べたいのだが、残念なことに腹が一杯でこれ以上食べられない。というか、既に苦しいくらいだ。やむを得ない。今日のところはいったん引き上げて明日また来よう。でも明日はお寿司にしたいな」

そう言って男は店員に勘定をするように言いました。そのとき店内に妙に耳障《みみざわ》りな音楽が流れていました。勘定は八千四百六十円だった。男は勘定を支払って家に帰って布団に倒れ込み、暫くは、腹が苦しい、腹が苦しい、と呻いていましたが、やがて眠りに落ちました。

男が目を覚ますともはや日が高くなっていました。男は暫くの間、寝床でボンヤリしていましたが、そうだ、金を返さねば、と思いました。男は少額ではあったが音楽仲間にたびたび金を借りていました。そのことでなんとなく疎遠になった者もあり、それは男に仕事が回ってこない遠因でもあったのです。

男は、人から金を借りて返さない奴は人間の屑《くず》だ。向こうだってなけなしの金を貸して返ってこないのだから困っているに違いない。疾《はや》く返そう、おおそうじゃ、と思いました。男はつい昨日まで、困窮しているのがわかっているのに金を返せなどと言ってくる奴は人間の屑だ、と思っていたことを忘れていました。

男は金を借りていた仲間に連絡を取り、夕方に会う約束をしました。出かける途中に男は銀行に寄って、九十五万円を預け入れました。札束を持ち歩くのは不用心だと思ったからでした。その際、ちょうど月末でもあったので溜まっていた家賃と来月分、合わせて二十万四千円を支払いました。従って残高は、既に口座にあった百八十円と合わせて、七十四万六千百八十円になりました。その数字を見て男は少し悲しい気持ちになりましたが、雨露凌ぐ店賃《たなちん》を払わないのは人間の屑だから仕方ない、と思いました。それに、七十万だって凄い数字だ、そのうえ財布には別勘定の四万五百四十円もあるのだ、と男は自分に言い聞かせ、背筋を伸ばし胸を張り、約束の場所に向かいました。

仲間に借りていた金、二万円を返し、利息代わりに奢《おご》りますよ、ということで二人で居酒屋に入った。同じくらい貧乏な仲間はこれを喜び、そういえば来週、三日間、俺の代わりに劇場に出てくれないか。旅公演で割のいい仕事があるんだ、と仕事を回してくれました。男は、こういうことだ、と思いました。やはり金がないと世の中の付き合いもできないから仕事も回ってこない。そうするとますます仕事が回ってこない。ますます金がなくなる。悪循環だ。ところがこうして金があると世間付き合いもできる。情報交換もできる。仕事も回ってくる。ますます金ができる。好循環だ。こうやって人はセレブリティーになっていくのだなあ。俺はいま自分がそうなっていることを実感するよ。と、イカ刺しを口に運びながら男はそう思っていました。店内に、焼き肉屋で流れていた曲がまた流れていました。ふと見ると、仲間が、その曲に合わせてフンフン、リズムをとっていました。居酒屋の勘定は六千八百円でした。

翌日、男はコンビニエンスストアーに寄り、ATMで金を引き出した後、先月、入質したギターを請《う》け出しにいきました。男は四万三千二百円を支払ってギターを受け取り、ギターケースをぶら下げて帰りました。帰途、コーヒー店に入りこみ、コーヒーとベーグルサンドをそう言って食べました。コーヒー店でも例の耳障りな曲が流れていました。こういう偶然ってよくあるんだよな、そういうのをナンとか言うんだよな、なんだっけ、と思い出そうとして思い出せないまま店を出ました。コーヒーは三百二十円、ベーグルサンドは三百六十円でした。従って男の金はその時点で、七十一万六千四十円でした。

家に帰った男は、床にあぐらをかいて座り、ギターをケースから取り出して、これを構えました。もう長いこと使って手になじんだ愛用のギターでした。男は専用の布でギターの棹《さお》や胴を拭い、丁寧に調子を合わせてこれを弾き始め、そして、おや。と思いました。なんだか、よそよそしい感じがして手になじまぬのです。さては質屋の親爺が間違えたのか、とも思いましたが、胴の傷や、棹の擦《こす》れには見覚えのある傷が確《しか》とあり、それは間違いなく男のギターでした。ギターも女もいったん他人に預ければもはや自分のものではなくなるのか。いや、そんな馬鹿なことはあるまい。久しぶりに弾いたので手に馴染まぬだけだ。暫く弾いていれば、いつもの感覚が戻ってくるはずだ。そう思って、もう一度、弾き始めたとき、例のピアノの練習が始まり、それが気になってますますうまく弾けませんでした。男はギターを傍らに置いて項垂《うなだ》れました。

翌日、男は伝説的な音楽家の公演を見にいきました。その音楽家は男が小学生の頃より伝説であったので、それから三十年近く経ったいまはもはや人々にとって神話の世界の住人、神々の一員でした。なので彼が人前に姿を現すというだけで人々は狂熱し、テレビや雑誌でも連日、その話題が報じられ、ネットでも話題になり、しかし、切符の値段がきわめて高く、また、数に限りがあるため、公演を見ることができるのは一部の裕福な者だけでした。しかし、その姿を一目見て、御利益《ごりやく》を、と願う衆生《しゅじょう》も多く、男の周囲にも無理算段をして公演を見に行く者がありました。

もちろん、男は諦めていましたが、この際だから詣《もう》でておくか、と知り合いに電話をかけると十五万円でいいよ、と言われたのでこれを買いました。ところが、その神に等しい音楽家の演奏は毫《ごう》も男の心に響きませんでした。パラパラでスカスカの大きな音が空疎に響いているようにしかきこえず、また、終始、笑顔の音楽家は残骸にしか見えないのです。周囲は興奮し、熱狂していたが、それも男には御利益目当ての空騒ぎにしか見えませんでした。スタジアムが一体となり、盛り上がれば盛り上がるほど、心が冷えていきました。おそらく男は途中で会場を出た唯一の観客でした。帰途、男はラーメンを食べ、ICカードに入金し、また、午《ひる》には海苔《のり》弁当を食べました。ラーメンは八百円、入金は三千円、海苔弁当は二百八十円、茶も買って百五十円、また、ATMの手数料もかかったため、男の金は、五十三万六千円と大きく減ってしまいました。切符代が響いていました。男はあたら十五万円をどぶに捨てた、と嘆きました。

翌日の夕、男は風俗店に出かけていき、二時間後に部屋に戻ってきました。索漠たる気分でした。担当の嬢《じょう》が、例の耳障りな歌のメロディーを口ずさんでいました。男が、「その曲、好きなの?」と問うと嬢は、「めっちゃ、ええ曲やん」と、そのときだけ感情を露わにして言いました。嬢の揚げ代金は二万六千円でした。その他、日中につけ麵を食べるなどしたため、男の金はそのとき五十万九千二百二円になっていました。

翌日の午後、男は明日から始まる三日間の仕事に備えて劇場で音合わせをしました。まず、無難に演奏できたのですが、以前のような、乗り、がいまひとつつかめませんでした。男は内心で、おかしいな、と思いました。仲間もそう思ったようで、以前は休憩時間など、冗談を言ってゲラゲラ笑うなどしていたのが、そんな雰囲気ではなく、みな、不機嫌に押し黙っていました(と男は感じました)。

劇場を出て暫く行くと帽子屋がありました。通りに面したショーウインドウにいろんな種類の帽子が飾ってありました。男はその前にボンヤリ立っていましたが、やがて帽子屋に入っていき、暫くして鳥打ち帽をかぶって出てきました。豹柄《ひょうがら》の鳥打ち帽でした。そしてその豹柄の鳥打ち帽はまったく似合っていませんでした。なんでそんな珍妙なものを男は買ったのでしょうか。明日、劇場に出る際にかぶろうと思って買ったのでした。どうも乗りをつかめない男は、見た目をちょっと変えることで気分を変え、そうすることによって、乗りをつかもうと思ったのでした。

そうだ。人間なんてのはちょっとした気の持ちようで、大きく変わるものなのだ。うまくいかないときは、ちょっとしたことを変えてみる。気分転換ってやつだ。外見を変えるのもそうだ。外見を変えるというとたいしたことではないようだが、そうすることによって気分が変わる。自分が変わる。そうすることによって周りの見る目が変わる。それによって自分がまた変わる。物事がよい方に転がっていく。

そう思った男は鳥打ち帽をかぶった自分の姿をショーウインドウに映し、見ました。

すぐに男は失敗に気がつきました。

「あぎゃあ。ぜんぜん似合ってないじゃないか。どういうことだ。さっき店内の鏡で見たときは、似合っていると思ったし、店のおばはんも似合っていると言っていたのだが。あ、そうか。あれは帽子を売りたいがためのベンチャラ。いわゆるセールストークだったのだ。くそう。それにいま気がついた。ううむ。かくなるうえは。そうだ。俺にはまだ五十万円以上の金があるのだから、もうひとつ帽子を買えばいい。そうだ、こんどは中折れ帽を買おう。とにかくいまの俺には帽子が必要なのだ。帽子を買わないと俺は破滅する」

そんな強迫的な観念にとらわれてしまった男は、またぞろ、店に入っていき、今度は中折れ帽をかぶって出てきました。

手にはギター以外に、豹柄の鳥打ち帽の入った紙袋を持っていました。男はもうショーウインドウに帽子をかぶった自分の姿を映しませんでした。

男は言いました。

「俺はもう確認はしない。なぜなら確信しているからだ。信じることが大事だ。信じていないから確認をするのだ。俺は自分を信じ、中折れ帽を信じている。だから確認なぞせぬ」

そう言って男はギターと紙袋をぶら下げ、中折れ帽をかぶって劇場近くの繁華な町を自信に満ちた足取りで歩きました。昂然《こうぜん》として胸を張って。

その中折れ帽が似合っていたかどうかは。

言わぬが花でしょう。

鳥打ち帽が四千七百円、中折れ帽が六千四百八十円だったため、残高が四十九万八千二十二円と五十万を切った日、男はコンビニエンスストアーでパンや野菜ジュースを買い、また本番に備えて新品の猿股《さるまた》や靴下を買ってしまい、金はさらに減って、四十九万五千九百十二円になってしまっていました。

けれども男は気にしませんでした。

「俺には仕事がある。そしてその仕事をする技術がある。仕事場に行く足がある。俺は俺の足で仕事場に行き、俺が持つ技術を使って多くの人を楽しませ、お金を貰うことができる。それさえあれば怖いものはない。俺は職人だ。俺はその気になればいつでも稼ぐことができるのだ」

嘯《うそぶ》いて男は部屋を出ました。そのとき例のピアノの練習が始まりました。靴を履いた男は玄関に立ったまま暫くの間、聴き、随分とうまくなったものだな、と思いました。

一日目の仕事が終わった後、仲間達はみな優しく、塞ぎがちな男に、「気にするな」と言い、「大丈夫だ。頑張ろう」などと言ってくれました。「どこかで一杯やらないか」と誘ってくれる者もありました。男は礼を言って部屋に戻りました。

部屋に戻った男は中折れ帽を床に叩きつけ、

「ちくしょう。俺はどうしてしまったのだ。前だったら楽々とできた事柄がまったくできない。まるで頭に粘土が詰まっているようだ」

と忌々しげに言い、ケースからギターを取り出して練習を始めましたが、暫くすると、

「駄目だ。ぜんぜん指が動かない」

と言ってギターを投げ出し、上着のポケットに財布と部屋の鍵だけをねじ込み、中折れ帽をかぶって部屋を出て行きました。

二時間後。男は泥酔して戻ってきました。酒は涙か溜息か。心の憂さの捨て所。我を忘れるために飲みに出かけ、大酔して戻ってきたのでした。男は誰も居ない部屋で喚《わめ》きました。

「わっぴょぴょん。ど素人《しろうと》が猿回しなんて二千十四年早ぇんだよ。僕はねぇ、もう、中折れ帽なんてものはねぇ、生涯、かぶらないからねぇ、という口調が三島由紀夫の物真似であることがわかる人がこの世に何人居るってんだよ。ざまあみろっ、てんだ。紀元は二千六百年っ、てんだ」

喚いて男は中折れ帽をかぶったまま敷き放しの布団にぶっ倒れ、苦しげな寝息を立

て始めました。飲み代がぼったくりで一万六千円かかったため、男の金はこの時点で、四十七万九千九百十二円に減じました。

二日目、男は鳥打ち帽をかぶって劇場に向かいました。上手くいかないのは実は中折れ帽のせいではないか、と思ったからです。仲間達は男が帽子を替えたのに気がついていないようでした。

二日目の仕事が終わった後、仲間達は男に、腫れ物に触るように接しました。なかには気の毒な人を見るような目で男を見るものもありました。そうしてみんなに気を遣われるのが逆に苦しくて、男は挨拶もそこそこに逃げるように楽屋を出ていきました。

その日も男は昨日と同じぼったくりバーに行ってテキーラを飲み、乾き物を食べ、二万二千円を払って帰ってきて少し暴れてから寝ました。昼間、牛肉と野菜を砂糖と醤油で煮たものを白米の上に載せ、動物のエサのような、ヌラヌラした状態にした料理を食べるなどして千百二円をも遣っていたため、そのとき男の残金は、四十五万六千八百十円に減じていました。

三日目、男は無帽で出掛けていきました。仕事が終わった後、仲間達は男と目を合わせませんでした。話しかけてくる者もありませんでした。なかには骸《むくろ》を見るような目で男を見る者もありました。男はバンマスから、ラーギャ、と呼ばれる三日分の報酬、二万五千九百二十円を受け取って部屋に戻りました。疲れ切っていた男は、その日はぼったくりバーにも行きませんでした。もとより行きたくて行っていたわけではなかったのでした。男は部屋に帰ると明かりも点けずに布団に倒れ込みました。その日、男はスタンド式の蕎麦屋《そばや》やコンビニエンスストアーで千八十円を遣っていました。なので、男の金はこの時点で四十八万千六百五十円でした。

そして一月後。男は焦っていました。金が大幅に減ってしまっていたからです。といって男が贅沢をしたわけではありませんでした。家賃を払い、水道光熱費を払い、通信費を払い、日々の食費や、その他の細々した費用を払っただけです。もちろん、所得税などは課税対象になりませんし、健康保険料や年金保険料は滞納または減免です。唯一、無駄遣いをしたと言えば、例のぼったくりバーで、男はこの間、都合四回、そのバーに行っていました。なぜかと言うと、そのバーで働いている、タケちゃんという名前の二十代の女に恋着してしまったからです。しかしそれとて、ただ行ってグズグズ酒を飲むだけで、具体的な話が進展する訳でもありません。なのでお金はそんなにかかりませんし、ぼったくりといっても、その度合いに歯止めがあるというか、まあせいぜい市価の三倍程度なのでそうして女の色香に迷った男がリピーターになるようなことはどうもこれあるようでした。また、そうして通っているうちに、向こうも気の毒になってきて、多少は安くしてくれるようにもなり、遣ったお金は四回で五万二千円程度でした。

にもかかわらずお金は二十五万六千六百五十円になっていました。

「なぜだ。最初、焼き肉と風俗に行っただけで、これといって贅沢をしていない、たまの贅沢と言えば、タケちゃんのところに行くくらいなのに、百万円が一月半で二十五万円になってしまった。訳がわからない。また、その間、仕事が入れば金の減りも遅くなり、うまくいけば増えることもあるのだが、あれから仕事は一本も入らない。ただ、金が減っていくばかりだ。頼む。携帯電話。頼むから、鳴ってくれ。そして私に仕事をもたらしてくれ。なんてね、たはっ。祈ったところでどうなるわけでもない。ううむ。居ても立っても居られない。ちょっと早いがタケちゃんのところにでもいくか。そうすっとまた二万円がとこ金が減るのだが、やむを得ない。いまの俺にタケちゃんの笑顔は唯一の光明だ」

そう言って男は財布と鍵と電話を上着のポケットにねじ込み、鏡を見て、髪の毛を手でとかして、そそくさ部屋を出て行きました。

まだ早いせいでしょうか。ぼったくりバーには客はほとんどおらず、カウンターに中年の男がひとり居るきりでした。

男は、その客と椅子をふたつ隔てた三つ目の椅子に座りました。カウンターのなかにいた女主人が、今日はいつもより早いではないか。この時間はまだ誰も出勤してきていないのに。という意味のことを言いました。男は苦笑して、ウイスキーと水を誂えました。

三十分が経ちました。客は誰も来ませんでした。タケちゃんも他の女も出勤してきませんでした。その間、男はウイスキーを二杯、飲んでいました。

女主人は奥の厨房のような一角でなにかしているようでした。

中年の男はスマートホンをいじくるなどしながら、水割りを長いことかかって飲み、さっき代わりを頼んだようでした。男は代わりをそう言おうか、それとも帰ろうか、と短い時間で猛烈に考え、やはり今日は帰ることにしようと決断、櫻井よしこさんが司会をしていて次の展開に移るときのような感じで、さっ、と言おうとした、その瞬間、三つ向こうの席の中年の男が、「お帰りですか」と唐突に声をかけてきました。

男は驚いて咄嗟《とっさ》に、「いえ」と言ってしまって帰りそびれました。

「でしょう。まだ、もっと飲めばいいじゃないですか」

中年の男がそう言ったとき、女主人が狂ったような枝付きのなにかと最前線のような発酵したものが載った皿を中年の男の前に置きました。

「こちらの方に飲み物の代わりをあげて」

中年の男は女主人にそう言いました。そうすると女主人は従順な感じで、飲み物を作り始めました。男は中年の男は随分な感じだと思い、こんな随分な感じの人は果してどんな顔をしているのだろうか、と思って中年の男の顔を見ました。中年の男は顔色が悪く、その顔はほとんど真っ黒でした。男は顔がこんな色の男にだったら自分はどんなことでも言えるのではないか、という気になって言いました。

「あなたは俺が帰ろうとしていることがなんでわかったのですか。俺は本当はさっき帰ろうと思っていたのですよ。読心術ですか」

男がそう言ったとき、女主人が飲み物を男の前に置きました。

男はこれを、ぐい、と飲み、中年の男の顔を、ぐっ、と見ました。中年の男は自分の前にあった皿を男の方にすべらせて、

「これも食べたらいいでしょう。酒だけを飲んでいたら身体に毒ですよ」

と言い、そして続けて言いました。

「そりゃあ、わかりますよ。お客さんですもの。お客さんが帰ろうかな、と思っているときはそりゃあわかります」

「お客さん？　どういうことですか」

「あなたは私のお客さんってことですよ。私はこの店のオーナーなんですよ」

「あ、そうだったんですか。僕はてっきり……」

そう言って男はカウンターの向こう側にいる女主人を見た。女主人は照れたような怒ったような顔をして厨房に隠れてしまった。そして中年の男が言いました。

「嘘ですよ」

「はあ？」

「私がこの店のオーナーだというのは嘘です。私はあなたと同じ客です。え？　じゃあなんで帰るのがわかったかって。ぱははは。その前に、あなた、私のこと覚えてませんか。以前に一度、会ってるんですがね」

「え、マジですか」

そう言って男は思い出そうとした。けれども先ほどからかかっている音楽が耳について、なかなか思い出せなかった。例の曲だった。この曲はどうも耳障りだ。みんな好きなようだが一体どこがいいのだろう。そう思った男は思わず言ってしまいました。

「ああ、また、この曲だ」

「この曲がどうかしましたか」

「いや、別にどうということはないんですが、よほど流行《はや》ってる曲なんですかね。行く先々でかかってるんですけどね。どうなんでしょうね」

「お嫌いですか」

「ええ、俺はあんまり好きじゃないですね」

「私は好きですね」

「誰のなんて曲、なんですかね」

「八田《はちだ》八起《はっき》&チチクマチュクリチュリーズの『どしゃめしゃのピラフ』っていう曲ですよ。ムチャクチャ流行ってるじゃないですか。知りませんか」

「知りませんねぇ」

「これですよ。テレビとかむっちゃ出てるけど見たことないですか」

そう言って中年の男はスマートホンを操作して、身体を右に傾けてその画面を男の前に差し出しました。

男は身体を左に傾けて画面を見た。知らない顔でした。

「知りませんねぇ」

「そんなはずありません。あなたはこの男と会ってますよ」

そんなはずはない。俺はこんな男は知らぬ。

そう思った男は、もう一度画面をのぞき込み、そして、呀《あ》っ、と声をあげました。

画面に映っていた男は、そう、劇場近くの喫茶店で男に百万円を呉《く》れた、八甲田大八だったのです。中年の男は言った。

「そう。そいつは八甲田大八ですよ。随分と出世したものですな」

「本当に。あの人は音楽家だったんですね。でも、じゃあ、なぜあのときそう言わなかったのだろう」

と言いながら男は八甲田大八改め、八田八起が、あのときの縁で自分に仕事を回してくれないだろうか、とそんなことを考えていました。そのとき、中年の男が言いました。

「無理無理。仕事なんて回して貰えないよ。百万円払ったのだからそれで十分だ」

また、図星を指されて狼狽《うろた》えた男は、「ど、どうしてそれを知っているのですか」

と、そう言うのがやっとでした。

「はははは。まだ、思い出しませんか。あのとき、あの店にもうひとり客が居たのを覚えていませんか」

そう言われてやっと、男は顔色の悪い中年男があの店にいたことを思い出しました。

「ああ、あのときの」

「そうです。あなたが才能を百万円で売るのを脇で見ていたものです。僕は百万円で才能を売るなんて馬鹿なことをするなあ、と思って見ていたんですよ」

「あ、そうなんですか」

「そりゃそうですよ。大切な才能をたった百万円で売るなんて」

「いや、でも売るっていうのはそういうことじゃないでしょう。あのとき確かに八甲田さんは、買うって言ったけれども、あなたも聞いてたんならわかると思うけど、それは、君の才能を買うよ、っていうね、パトロン的なスポンサー的な援助の申し出であって、それがでも面《おも》はゆいし、俺のプライドってこともあるし、それでああやってものの売買みたいなやり取りをお互いしたんであってね。それにそんな才能なんてものは自己の内部にあるもので売り買いできるもんじゃないっしょ」

「いやできるよ。それが証拠に、あの八甲田大八が音楽家としてあんなに活躍してるじゃないか」

「それは元々、八甲田さんに才能があったからではないんですか」

「はははは。君に会ったときあいつがなんの仕事をしてたか知ってるのか」

「え？　音楽家じゃないんですか」

「あのときあいつは成績の上がらない不動産営業マンだったんだよ。それを君から才能を買って大当たりをとって、いまじゃ、豪邸に住んで大名暮らしだよ。今度、美人の女房を貰うらしい。あれは本当は全部、君のものだったんだよ」

「マジですか」

「マジですよ。だから私はもったいないことをするなあ、と思ったんだよ」

「でも、それが俺のものなのだったら、売ったとしてもまた湧いてくるんじゃないですか。俺のなかから」

「それは君が収穫を刈り取って売ったときの話だ。でも君は畑ごと売り払ってしまったんだよ。それも秋まで待てば大豊作間違いなしの畑をね。夏の間に、わずかな米と引き替えに。大失敗だったな」

「そんなこと俺は知らなかった。知ってたら売らなかった」

「いや、そんなことは誰でも知ってるよ。畑を売ったら終わりってことはな。だから、それがどんなチンケな畑でも、自分の畑には違いないから売らないで大事にしてるんだよ」

「でも、実際の話、俺の畑はもっと狭くて、収穫もほとんど上がらない駄目な畑だったんだ。だから俺はずっと不遇だった。それが人手に渡った途端、なんでそんなことに」

「それは君が真面目に耕さなかったからですよ。どんなよい畑でも耕し、種を蒔《ま》き、水を撒かなければなにも稔《みの》らんよ。君はそれをしないで、こんな畑は駄目な畑だ、と信じて二束三文で売り払ってしまったんだよ」

「そうだとわかったら、これは買い戻さないといけませんよね。手伝って貰えませんか。あなた詳しそうだし。そしたら、戻った畑の半分をあなたにあげますよ」

「無理だね。これから先も収穫の上がる畑を売るわけがない」

「ってことはどういうことだろう」

「どうってことないよ。君が大損をした。それだけのことさ」

「そうだったのかー。俺はなんて馬鹿なことをしてしまったのだろう」

「まあ、仕方ないやね。諦めなさい」

と、中年の男は慰めたが男は諦めきれない様子で、涙を流し、俯いて自分の爪の先を見つめ、様々に愚痴っておりましたが、やがて中年の男に向き直ると言いました。

「俺も誰かの畑を買いたいんですけど、誰か売る人居ませんかね」

「そりゃあ、探せばいるだろうけれども、君、いくら持ってる？」

「二十五万六千六百五十円です」

中年の男は言下に答えました。

「そりゃ、駄目だ。だってそうだろう、詐欺師同然の八甲田大八だって百万円持ってたんだぜ」

「じゃあ、じゃあ、俺はこの先、どうすればいいんでしょうか」

こみ上げる涙を拭いながら問う男に中年の男は言いました。

「そりゃあ、一所懸命に耕し、そして種を蒔き、水をやるしかないだろう」

「でも、俺にはもうその畑がないんです」

「ああ、そうだ。畑はない。不毛の荒野が広がるばかりだ。でもそれしかなかったらそこを耕すしかないじゃないか」

「荒れ地を耕す、ってことですか」

「ま、そういうこっちゃ」

「作物は稔るんでしょうか」

「バカだな。稔らないから不毛の荒野っていうんじゃないか」

「じゃあなんで……」

「まだ、わからないのか。それしかないからだよ。それだって、自分の荒野である以上、売ったら後悔するんだよ。いい加減にわかれ」

「なるほど、俺は荒れ地を耕して、荒れ地に種を蒔くしかないんですね、もう」

男は寂しそうにそう言いました。

中年の男は慰めるようなことはもう言わないで、「おまえは収穫がないと嘆いていたが、種を蒔き水をやることが大事なのだ。おまえの畑は以前よりもっと悪い畑になった。それでもやるかやらぬかはおまえ次第だ。僕ちょっとおしっこ行ってくるね」と断って席を立ちました。

その背中を見ながら男は、しかしあいつは誰なんだろう。あいつはなんでさっき俺が帰ろうとしていることがわかったのだろう。それに、俺が八田八起に仕事を回してもらえるかも、と思ったことがわかったのだろう。なぜ俺の心が読めるのだろう。戻ってきたら聞いてみよう。と、男はそう思いましたが、中年の男はなかなか戻ってきませんでした。

「ちょっと、大丈夫」

と、言う声がして男は目を覚ましました。女主人がカウンター越しに腕を揺すぶっていました。

「ちょっと寝ないでよ」

「ごめん、ごめん」

そう言って男は左隣を見ました。中年の男はおりませんでした。或いは帰ったのか、と思った男が女主人に、「アレ？　ここにいた人は？」と、尋ねると女主人は、「あんな人はいてもいなくても同じよ」と、突然、気色を悪くしたような様子で言い、厨房に行ってしまいました。

そうだ。あんな奴の戯談を真に受ける方がどうかしている。才能の売り買い？　そんな阿呆なことがある訳がない。っていうか、もしあるとしたら逆にギターが上手《うま》くなるはずだ。っていうのは、ロバート・ジョンソンがそうだ。ロバート・ジョンソンが。ロバート・ジョンソンは悪魔に魂を売って、それであんなギターが弾けるようになったんだ。だったら、俺もギターが上手くなりゃこそすれ、下手になるということはない。八田八起のことは偶然に過ぎない。そうだ。そうに決まっている。あんな顔色の悪い奴の与太話を真面目に聞いて損をした。

男がそう思ったとき、さっきとは打って変わって上機嫌になった女主人が、厨房から出てきて、

「あの八田八起がダンサーと結婚するんだって。なかなかの美人じゃない」と言って男にスマートホンを見せびらかしました。

男はまるで洩らしてしまった人のように尻を浮かせてカウンター越しにこれを見て、そして絶句しました。

画面に大写しになっていたのは間違いなく合間《あいま》妹子《いもこ》。半年前に別れた女でした。

「どうしたの。急に黙り込んで。知ってる人なの」と問う女主人に、「いや、知らぬ人だ」と、答えつつ、男はやはり俺は大事なものを売り払ってしまったのだ、と思いました。同時にあの中年の男がなぜ自分の心の内がわかったのかもわかったような気がしました。

お勘定二人分、三万六千八百円を支払って出て行く男に、女主人が声をかけました。

「本当に帰るの。もうすぐタケちゃん出勤するわよ」

「ええ、いきます」

「まだ早いのに」

「いえ、もう遅いです。でも仕方ありません」

「いまからどこに行くの」

問われた男は莞爾《かんじ》と笑って言いました。

「荒れ地に行って種を蒔いてきます」


それぎり男の姿をみたものはありません。男の部屋はなぜか借り手が見つからず、新米の季節になっても空き家のままです。その空き部屋の、半ば開いた窓から風が吹いてカーテンがそよいでいます。どこかから随分と上手いピアノの音が聞こえてきます。そのピアノの音に混ざって時折、呻き声のようなものが聞こえるのは、気のせいでしょうか。本当に気のせいなのでしょうか。

三月十三日の夜

一九四五年のこの日、深夜から翌未明にかけて
大阪の町に二百機をこえるB29が飛来した。

今江祥智

佐野さんは、このねこの肖像を描き、語ることで、自伝がわりの素晴らしい一冊を残してくれた。宙返りするねこの目つきを見る度に、何度かお会いした佐野さんの目の、、、表情を思い起こす。今でも佐野さんは、あんな目をして宙を飛んでいる気がして、空を仰ぐことがある……。

今江祥智（いまえ・よしとも）

一九三二年大阪府生まれ。六七年『海の日曜日』で産経児童出版文化賞、七四年『ぼんぼん』で日本児童文学者協会賞、七七年『兄貴』で野間児童文芸賞、九六年『でんでんだいこ いのち』（絵本）で小学館児童出版文化賞、二〇〇四年『いろはにほへと』（絵本）で日本絵本賞を受賞。ほかに『あのこ』『優しさごっこ』『おれたちのおふくろ』『牧歌』『袂のなかで』など著書多数。一五年三月二〇日逝去。

そのとき「ねこ」は、見たこともない町を歩いていました。

（ここはどこなんだ？　なんでおれはここにいるんだ？）

夜なのに、あかりが暗すぎる。

（ここは、どこやろ？　なんで、おれはここにいるんやろか？　……ん？　やろか!?）

寒がりの「ねこ」は、白い毛を、ぶるっとふるわせました。

（毛が白い……んやな、今は……）

家は建ち並んでいるらしいものの、夜の色にくるまれて、ぼんやりとしか見えません。

そのせいか、「ねこ」は、足もとをなにかにすくわれてころげました。ついと立ちあがって――見ても、ただ、くろーい道がつづいているだけです。

その道をなめるように顔を寄せてみると、――コールタールと木のにおいがします。小さな木煉瓦《もくれんが》をコールタールで固めてつくった道ですが、「ねこ」には、そんなことはわかりません。

（石とはちがうな。これは何や？　どこまでつづいているんやろか？）

鼻をしかめた「ねこ」は、横の家の門柱をかけのぼり、屋根にあがってみました。すぐそばに、大きなイチョウの木が、ぬっくとそびえています。

「ねこ」は、イチョウの木にとびうつり、かけのぼって、そのてっぺんから下を見まわしました。

いらかの海が、ぼんやりとひろがるのが見えるばかり。夜なのに、家々から光がもれることも、人々の話し声が聞こえることもなく、〝黒い海〟がひろがっているばかり。

とつぜん――いやーな音でサイレンが鳴きました。すると、あれほど静まり返っていたように見えた家という家から、人々がわらわらと出てきます。そして、われ先にかけだすと、小さな山のように土をもったところにむかい、

――サイレンの鳴くのがおそすぎや。

——もう、そこまで来てるやないか。

——おい！　あけてくれ！　わたしや、わたし！

口々にわめきながら、その中に消えていきました。——

そのあとの、またしーんとした夜の町に、聞いたこともないような、ひくーいうなり声が空からふってきました。

「ねこ」が見上げると、キラキラ光るトリがならんで、つぎつぎに飛んできます。

それから、そのトリたちが、黒いフンをどっさりした——とおもったら、そいつが落ちたむこうの町のあたりから、どえらい音がひびきわたり、一息おいて、炎がでーっ！　と音たててたちのぼりました。

（たいへんだ！）

トリたちは、なにごともなかったかのように、暗い闇夜の空へ、とけるように消えていきました。——

「ねこ」が、トリたちの消えた黒い夜の空をにらみつけているうちに、炎のあがったむこうの町のあたりでは、空にむかってぼうぼうと火柱が高まり、家々をもやしはじめ、火の幕が、どんどんひろがりました。

（あいつが、こちらがわに落ちてきたら、おおごとやぞ……）

「ねこ」がイチョウの木からかけおりてみると、どこから出てきたのか――何びきものねこが、小さくかたまってふるえています。

それを見ると、「ねこ」は横に建ち並ぶ家にとびこみ、かけめぐって、ねこがもういないかどうかを、たしかめはじめました。

（なんでおれは、ここでこんなことをしてるんや？）

――一、二……五、六……。

それでも六ぴきが見つかりました。

そのねこたちから聞いて、「ねこ」はまたそのあたりをかけまわり、のこっているねこがいないかどうか、さがしました。

（……一、二、三……びきか）

動けなくなってふるえているねこを見つけることができ、またそのねこたちにたずねることができて、もう一度あたりをさがしまわってねこたちをあつめました。

少しむこうに川があり、橋がかかっています。「ねこ」は橋のらんかんにとび上って、ながめわたしました。

（川はばは、そんなに広くはないな。橋さえ走りわたれたら――そしてむこうの暗い

町にかけこめたら……いや、何としてでも、そうするしかないぞ）

「ねこ」はまた、ねこたちが小さくかたまっているところに走りもどり、言いました。

―にげるんや！

―火ィ、こわい……。

―あかん、もう……。

―何、言うてるんや！　とにかく、そこの橋を川向うへわたるんだ。あちらは暗いし、しずかやから、まだ大丈夫。

からだがすくみ、ふるえているだけだったねこたちも、少しずつ「ねこ」のいうことに耳をかたむけるようになりました。

―早く！　このままここにいたら、焼き殺されてしまうぞ！

その言葉に、ようやく十二ひきが「ついていく」といいました。

その日の夜半に、飛行機の爆音が近づいてきて大きくなり、その姿もぐんと大きくなってきたのは、低空を飛びはじめたからのこと。そこで、いちばんうしろの飛行機が、何やら黒いものを、ばらまいてくれた。

そいつは、ねこたちの頭の上にも、いやーな音をたててふってきて、いざ地面にぶちあたると、
ずばばーん！　ずじーん　ずん！　ぐおン　ばぁーん！

といった、聞いたこともないようなはでな音で炸裂《さくれつ》した。

ずいーん！　ずいーん！

おなかにこたえる、ものすごい音がします。

—敵機襲来！　くうしゅううう！

（洋《ひろし》のにいちゃんの声や）

—西に爆弾投下！

（隣組の、遠藤のおっちゃんや……）

なぜかもう「ねこ」には、その声がだれか、わかりました。

しゅわわしゅわしゅわわわわ！

すぐ川向うにも、火の雨がふりはじめました。

ざざあああ、ぞぞぞ、ずおおおん！

音が一気に大きくなりました。

その音に、ねこたちはみんな耳を伏せ、音が止っても見上げるのがこわくて、走り出した足がこおりつきました。あまりの音に、からだがすくみあがって、家のひさしの下で、ひとかたまりになり、うずくまってしまったのです。

けれど、火はせまってきます。ここにはもういられないぞ、でもどうしたらいい――という気もちがこみあげてきて、みんな同時に「ねこ」の顔を見ました。

とにかく、にげなければ！「ねこ」は、ねこたちをひきつれ、はじけたように走り出しました。

ざざざざざざざざざざあ!!

頭の上で、何かをぶちまける音。それにつづいて、

しゅんしゅんしゅんしゅん！

何かが風を切って落ちてきます。

がつがつがつ！　がん！　ばしん！

すぐ横に落ちたかのような激しい音が、「ねこ」の足をすくませます。

（道がもえてる！）

―谷町《たにまち》から上本町《うえほんまち》は焼けとらへんぞォ……。

だれかが叫ぶ声がしますが、「ねこ」には、それがどの方角なのか、わかりません。

それでも、火の見えないほうへ、火の気配のないほうへ――と走りますが、家々を燃やした火が、ごおごおと鳴る炎の輪になって、行く手をふさぎます。

おしくらまんじゅうのようにあふれ出した人々にふまれ、けとばされます。塀の上を走ろうにも、塀にも火がもえうつり、こなごなになった家と道のかけらが、火の粉と共に、どわわわっ！　と、ふってきます。

そのうえ、どこからあらわれたものか、今やもう、ついてくるねこは二十ぴきをこえています。

（ああ、どないしたらええんや、どっちへ走ったらええんや……）

そのときまた、炎の輪が、つむじ風に吹き上げられて、破裂したかのように四方に飛び散りました。

*

（あれ、ここは……？）

朝、「ねこ」は、浮かんで下を見下ろしていました。

すべてが消えていました。

下に見えるものは、町だったもののくずでした。何もなくなった町を、それでも何かをさがすように、たくさんの人が歩いていました。

焼け落ちた電柱のそばに、たくさんのねこが、一列になってたおれているのが見えました。

―ひ、洋、あれは……。

―にいちゃん、トージョーはんや！　トージョーはん！　トージョーはん！

男の子の声がしました。

(洋とにいちゃんや。おれのことを呼んどるんやな……)

「ねこ」は空を見上げました。

家々と道と町を飛び散らせた音のもとである――あの奇妙なトリは、とっくに消えています。

それでも「ねこ」は、一歩でも二歩でも町からはなれようと、浮かんだまま走り出しました。けんめいに、走りに走ります。――

気がつくと、風のかおりがかわっていました。「ねこ」は、ようやく走る足をゆるめ、ふっと立ち止まりました。

何もなかった。

だれもいなかった。

空は、きれいに〝からっぽ〟でした。

そして、それをたしかめた「ねこ」も、ふっと、空のなかにとけるように消えていきました……。

あにいもうと

唯野未歩子

子どものころ、『100万回生きたねこ』はとても恐い本でした。ねこの性格が恐いのです。とくに「飼い主なんか、きらいでした」というところ。すくみあがったものですが、今思えば、恐れていたのは本音なのだとわかります。

唯野未歩子（ただの・みあこ）

一九七三年東京都生まれ。九八年「フレンチドレッシング」で女優デビュー。以後、「大いなる幻影」「金髪の草原」「さゞなみ」などに出演。二〇〇六年「三年身籠る」で初監督、同時に同名の小説を書下ろし小説家デビュー。主な小説作品に『三年身籠る』『走る家』『正直な娘』『はじめてだらけの夏休み』『ほんとうに誰もセックスしなかった夜』『きみと澄むこと』『彼女たちがやったこと』などがある。

兄妹として生まれてきたのは、なにも今生《こんじょう》に限ったことじゃない。数えたことはないが、生まれ変わるたび毎回そうで、前世とか前々世とか前々々世のことを、わたしはうっすら憶《おぼ》えている。勘のいい質《たち》なのだ。

何回生まれ変わっても、わたしは雌《めす》で妹だった。猫だから、ひとりきりで産まれ落ちたことはない。この世に生を受けるとき、たいがい、わたしの周囲には、わたしを産んだ母さんがいて、見守ってくれる飼い主がいて、ほかの兄弟姉妹がいて、そこに紛れて兄さんもいるが、兄さん以外はみんないつでも知らない誰かだ。

はじめて会ういろんな家族。温厚な母さんもいれば、薄情な母さんもいた。面倒見のよい姉、やんちゃな弟。賢い兄や愚かな妹。丈夫な一家で、春に秋にと弟妹が増え続けることもあった。母さんが失踪し、無知な子どもらが食中毒で死ぬこともあった。また、わたしは父のことも知らなかった。子の性格を決めるのは、父猫の遺伝子と環境との組み合わせだといわれているが、いまだに会ったことがない。

猫はふつう父を知らず、一年もすれば母と別れる。兄弟姉妹も別々に暮らすことになるが、生まれ変わるたび知らない同士の、季節を一巡りするあいだの家族、毎回あたらしくなる顔ぶれを、わたしは好いた。いろんなひげ、いろんな毛並み、いろんなしっぽ。いろんな匂い、いろんな鳴き声。それでいて、ひとたび離れるとすっかり忘れた。誰であっても、いまここではじめて出会った、これっきりの縁だったから。

でも兄さんは違った。

わたしと兄さんは、さやの中の豆のように母さんの子宮に包まれて、ほかの兄弟姉妹とともに、おしあいへしあいくっつきあい、だけど、しばらくは互いに気がつかない。ときが充《み》ちて産まれ落ち、目が開き、毛が生え、歩きだし、自力で排泄もできるようになったころ、なぜかしら。あるとき突然、たとえば目のまえでは兄さんが自分の毛繕いなんかをしていて、わたしの眉間《みけん》はみょうにむずがゆくなる。まぶたが生温《なまぬる》い。泣いていないのに、眼球の裏側は、涙で溢れているようなかんじがする。ふっと「まえに会ったことがある」と思う。「わたし、このひと、知っている」と。惹《ひ》きつけられる。その時点ではまだ誰とは特定できず、わけもわからないのだが。

問題はそこからだ。わたしが兄さんを視線で追いかけはじめると、兄さんはわたしをきっぱり無視した。一方で、眠っているところを蹴とばしてくる。ふざけるふりをして耳先を齧《かじ》る。しっぽを踏みつぶし、突きとばして転ばせ、母さんのお乳を横取りする。爪をたてられて失明しかかったこともある。飼い主が大事にしている壺を割って罪をなすりつけられたことも、屋根から落とされて骨折したこともある。

わたしは傷ついた。むかついた。だけど兄さんは人気者になっていた。本性は誰も知らない。わたしが知っている兄さんの性格の悪さは、緑青色《ろくしょういろ》の瞳の底にきれいに隠されていた。母さんは特別扱いし、ほかの兄弟姉妹は崇拝し、飼い主からの寵愛《ちょうあい》も受け、その段になって、ようやく胸に去来するものがある。この気持ちなら、よく知っている。兄さんはむかしもこういう兄さんだった、と。

兄さんはといえば、わたしとおなじく前世の記憶がある質だが、いつも知らんぷりを決めこんでいた。話し合ったことがなくてもわかる。兄さんはわたしよりさきに思い出しているくせに、こちらが思い出すまで待っていて、思い出したとたん残虐ないたずらを仕掛けてきた。それにうろたえ、腹を立てる姿をみて、ひとり「くくく」と笑うのだ。意味はない。妹をいじめることなんて暇つぶしに過ぎないと、そのこともわかっていた。

そして何回生まれ変わっても、わたしたちは似ていなかった。

出所《でどころ》はおんなじなのに、むこうには生まれつき財産があり、こちらは手ぶらのすってんてん。兄さんは、顔も毛並みも要領もよく、性格はいかにも猫らしく奔放、酷薄、無頓着なのに、飼い主の愛情は独り占めしてしまう。だから兄さんが嫌いだった。憎い。恨《うら》めしい。憎い。恨めしい。不公平さに、毎回わたしは身悶《みもだ》えた。しかも、兄さんは夭折《ようせつ》した。いつも一歳ちょっとで死ぬ。運が悪いのか、毎回、なぜだか事故に遭う。打ちどころが悪くて即死する。弔《とむら》うとき、飼い主は大泣きした。どんな時代のどんな場所のどんな人間であったとしても、飼い主はみんな泣きに泣いた。享年《きょうねん》一歳ちょっとというと、猫にとっては十七歳から二十歳、やっと一人前になったくらいの年齢だが、人間にとってはまだ幼い、ほんの赤ん坊のようにみえたのかも知れない。そういう誤解はあったにせよ、飼い主をこんなにも悲しませるなんて。わたしは妬《ねた》ましかった。兄さんのためになんか泣きたくない。泣かないぞ、泣かないぞと思っているのに、飼い主の涙をみていると、つられて泣いてしまうので、あとからますます悔しさが募った。

わたしは長生きする猫だった。どんな環境でも十年は生きた。長生き自慢をするとすれば、飼い主が三途《さんず》の川を渡るのを此岸《しがん》から見送ったことがある。お盆に飼い主の霊を玄関まで出迎えたこともある。わたしはまだ一度しか当たったことがないが「その家に生まれてくる赤ん坊に、婆さんだった飼い主が生まれ変わる」場面にいあわせた。そこまで飼い主を見届けられるというのは、飼い猫冥利《みょうり》に尽きるというか、感慨深い経験だった。

そうやって、あらためて計算してみると、生まれ返った回数は、兄さんよりわたしのほうが若干すくないのかもしれない。そういえば近年は、まともに発情したことも、妊娠したこともない。医療の発達著しく、飼い猫は即避妊手術を施されるようになったから。それより以前のことはもうほとんど憶えていない。

憶えていないながらも、いろんな時代があったとは思う。誰に話しても、にわかには信じがたいと疑われるだろうが、猫になる前のわたしは、なんと山猫だったのだ。

そのころの人間は、もっとずっと毛深くて、数もおらず、無口で、欲も浅かった。ほ乳類同士、いまより話が通じる部分もあったが、どちらもお腹を空かせていたので、飼い主とは微妙な関係だった。自分は果たして飼い猫なのか、それとも神への生《い》け贄《にえ》なのか、はたまた肉食獣への囮《おとり》なのか、あるいは緊急時の食料なのか。飼い主の思いも曖昧で、いまだに正解がわからないほど、線引きがむつかしかった。だけど人間だけじゃない。誰もが空腹を抱えていた。空腹で危険な世の中だった。危険はそこかしこにあった。火山の噴火や、急激な気候変動。動物の頂点にいるのはマンモスで、人間であれ猫であれ、容赦《ようしゃ》なく踏みつぶされた。肉食獣に食われる危険や、隕石《いんせき》にぶつかる危険、地割れにのまれる危険もあった。長いことそんな時代が続いていた。そのあとにきた畑の時代。大河が氾濫する時代。文明の時代。科学の時代。飢饉《ききん》、戦争、大気汚染……。よくよく考えてみれば、ここいらへんに住む猫や人間があまり空腹じゃなく、危険でもなくなったのは、わずかここ数十年のことだ。ありがたい。感謝はしているのだが、やはり憶えていられなかった。

わたしが憶えていられるのは、変わらないもののことだけだ。夏草の匂い、月のあかるさ、南風、砂場、新鮮なサバ、木のぼり、十月の雨。むかしから、人間の女子どもはわたしを撫でて抱くのが好きで、わたしもそうされるのが好きだった。男はわたしをみると石を投げて追い払うか、路地裏でこっそり抱いて舐めまわすかの、どちらかだった。兄さんを抱かない人間はいなかった。女子どもはもちろん、いかつい大の男であれ、兄さんをみるとたちまち、とろけるような表情になったものだった。

わたしたち兄妹はこんなに似ていなかったが、共通点がひとつあった。それは、どちらも「飼い猫ひとすじ」というところだ。それぞれ別の理由で、生まれたときから死ぬまでずっと、ひとりのおなじ飼い主に飼われ続けた。

兄さんはいつも飼い主に「この一匹だけは自分の手元に置きたい」と愛《め》でられる、たったひとりの選ばれし者だった。なにしろ、兄さんはりっぱなトラ猫だったから。その毛皮の見事さといったら、永久不滅の輝きを放ち、それは何回生まれ変わっても、毎回かならず変わらなかった。しばしば兄さんは飼い主に「トラ」と名付けられた。よくいったものだと、わたしは感心した。猫でありながら「虎」と呼ばれても、兄さんに限っては恥ずかしくない。そのくらいりっぱなトラ皮だった。

わたしの毛皮はそのときどきで変わった。ブチだったり、白かったり黒かったり、りっぱではないトラ猫だったこともある。名前はもらえなかった。わたしと兄さんでは立場が異なる。わたしはいつも「この一匹だけ売れ残っちゃったよ」と呆れられていた。

にもかかわらず、わたしは飼い主が大好きだった。いろんな人間、いろんな時代の、いろんな飼い主。醜いの、太ったの、痩せぎすの、貧しいの、汚いの、卑しいの。どんな場合でも好きだった。大好きで大好きで、でも飼い主が愛でるのは兄さんだった。

兄さんが死んだあと、代わりにわたしを愛でるかというと、そうでもない。わたしは常に居場所がなかった。

あるときには小間物職人に「皮を剝がすには情《じょう》が移りすぎちゃったよ」とぼやかれ、あるときには百姓に「寝床はやるから飯はよそで食ってこい」と脅され、別のときには酒に酔った銀行員に「このタダ飯食いが」とビービー弾で撃たれたりしながら、なんとか飼い主のそばにいた。捨てられないよう、わたしはよく働いた。ねずみとり、ごきぶりとり。赤ん坊をあやし、泥棒を引っ掻いた。飼い主が男やもめになれば妻となり、子を失えば娘となる。その家に嫁がきて彼女が犬好きなら犬のようにもふるまって生涯尽くした。

飼い主を好きになり過ぎたせいで、化け猫呼ばわりされたこともあった。捕えられ、川岸で背中を焼かれたのだ。

当時の飼い主は庄屋だった。母屋には幼い男の子がふたりいたが、離れたところにもうひとり年頃の娘がいた。素朴で大人しい娘だったが、会話があまり得手《えて》ではなく、頰に大きなしみがあった。わたしは小窓をすり抜けて、屋敷と座敷牢を行き来していた。深夜になると、娘はわたしを待っていた。わたしがいくと、すすり泣くのをやめて、あんどんの油を舐めさせてくれた。魚由来のその油は、欠乏していた動物性蛋白質《たんぱくしつ》を補給できるので、毎晩わたしはそこを訪ねた。ある日、娘は首を吊った。死んだあと紫色のしみになった。頰にあったのが広がったのか、自分自身がひとつの巨大なしみとなり、大の字というにはやや不自然に手足を折り曲げた恰好《かっこう》で、座敷牢の壁にへばりついていた。生前よりも窮屈そうにみえたが、娘はもう泣いてはおらず、油は片付けられていた。娘はしみになっても、わたしがくるのを待っていた。待たれているのが嬉しくて、乞われるままに、わたしは通った。まもなく「あそこには化け猫がでる」などと不名誉な噂がたったのだった。

とはいえ、実際わたしはすでにそんなようなものだったのかも知れない。人間のそばにいたい。名を呼ばれたい。兄さんさえいなければ。兄さんさえいなければ。憎い。恨めしい。憎い。恨めしい。でも飼い主を愛することをやめはしなかった。

そうして、また生まれ変わる。それじたいは珍しい事柄ではないが、ひとりきりでこの世に生まれ落ちて、兄弟姉妹がいないだけでなく、もう誰の妹でもない。

今回、わたしは人間の女の子どもだった。

原因はわからないが、たぶん、ひょんなことからだ。宇宙のねじれ、星座のずれ、空間のゆがみ。なにかの調子が狂ってしまったのかも知れないが、わたしは素晴らしい気分だった。解放されたのだ。猫であることからも、妹であることからも。兄さんのことをまっさきに忘れた。それ以外もすべて忘れた。変わらないもののことも忘れ去り、わたしは人生を謳歌《おうか》しようと、自分に誓った。

それから二十五年間、猫だったことは思い出さなかった。

なにしろ両親は、わたしが生まれたときからずっと毎日三食ごはんをくれたのだ。凄まじくまじめだ。

人間はまじめで忙しかった。歩けるようになるまえから躾《しつ》けられ、言葉を覚え、文字を習って、学校に通い、おしゃべりし、おしゃれもして、就職し、結婚した。なにからなにまで平凡なようでいて、わたしには刺激的で愉快なことばかり。人生は噛めば噛むほど味がでる。なにからなにまで面白い。旨味《うまみ》のかたまりだった。

好きなことは朝寝坊、夜の散歩、うたた寝、日向《ひなた》ぼっこ、裸足でいること、高いところや狭いところ、ひとりでいることも好きだった。苦手なのは勉強、ダイエット、散髪、お風呂、合宿、鏡をみるのも混乱するので不得手だった。友人からは「女の子なのに能天気すぎる」と叱られたが、近所の御前《ごぜん》さまには「ときどき悟ったようなことをいうのう」と驚かれた。わたしは楽天家で怠惰で夜行性だった。落ちこむこともあるにはあったが、せいぜいが「この世にもし、わたしがまだ知らない面白いことがあるとしたら、それを知らないで死ぬとしたら、ものすごくつらい」という程度の悩みだった。

たまになにかが脳裏をよぎることがあった。てんとう虫ほどの小さな引っかかりだ。だけど、わたしは「いま」という時間に夢中で、それをつかまえたいとは思わなかった。

短大卒業後は、デパートのおもちゃ売り場で働いた。職場は六階。休憩室の窓から街がみおろせることも、手品師みたいな制服も気にいっていた。おもちゃはなんでも面白かったが、最高なのは、ぜんまいで動くおもちゃだった。シンバルを叩くチンパンジー、オーソドックスな車型、オルゴールの中でくるくる踊るバレリーナも、なぜかしら動きはじめると目が離せない。じっと息をひそめてそれをみつめ、鈍くなる動きとともにそっと手をのばし、狙いを定め、止まる寸前に、ばちんとひっぱたく。ごとん、と、おもちゃが転ぶと、反射的に「いい仕事をしたな」と、奇妙な満足感に浸れるのだった。

そのうえ、わたしは結婚もした。見合いじゃない。恋愛だ。博《ひろし》さんというひとと。デパートの隣にある洋食屋のコックだった。昼食をとりに通っていたら見初《みそ》められ、博さんに「いつか自分の店をもちたい」と夢を語られたのが、初デートだ。三回目のデートでプロポーズされて、新婚旅行は八丈島へいった。手を繋《つな》いで海辺を歩き、あしたばの天ぷらやお刺身をたくさん食べて、行きも帰りも船酔いした。新婚生活はしあわせだった。それまで住んでいたアパートを引き払い、博さんは郊外に一軒家を建てた。ふたりとも毎朝おなじ時間に駅へむかい、一時間半かけて通勤した。職業柄、休みは互いに水曜日で、土日は働かなければならないのも、ちょうどよかった。

家事は主にわたしがするが、週に一度の早番の日は、博さんが夕飯を作ってくれる。ふだんは店で煮込みハンバーグやビーフシチューを作っているが、夕飯となると、きゅうりを漬けたり、魚をさばいたり、蕎麦を打ったりし、なにを作っても博さんらしい寡黙ながらも庶民的な味がした。わたしがいちばん好きだったのは、肉屋で買ってきたトンカツでさっとこしらえるカツ丼だった。博さんは「トンカツを揚げたのは俺じゃないから」と謙遜したが、玉子も玉葱もとろとろで抜群に美味《おい》しかった。

毎朝一緒に通勤すること、夕飯をふたりで食べることのほかに、しあわせなことは、もうひとつあった。結婚前、博さんはわたしを「車《くるま》さん」と名字で呼んでいたのに、いまでは名前を呼ぶようになっていた。姓がおなじになったのだから、当たり前といえば当たり前なのだが、開いた新聞のむこう側から、ふいにかすれた声で「なあ。さくら」と呼ばれると、わたしは頰を熱くして、ひそかに胸をときめかせた。

どんどん、わたしは落ちついていった。人生の旨味ばかり追い求める態度は改まり、朝起きて夜眠る、規則正しい生活を送ることにも慣れていった。いっぱしの主婦になったわたしをみて、両親は安心し、友人は羨んだ。「りっぱな旦那さまね」「よくできたご主人だわ」と褒めてもらうと尾骶骨《びていこつ》がうずうずした。従順さを身につけること。誰かひとりのものになること。それは未知なる経験のはずなのに、なぜだか親しみ深くもあり、だけど考えるのが億劫《おっくう》で、安泰のしるしとして受けとめた。

博さんとの相性はとてもよかった。親戚の行事や近所の会合などで、集団の中に夫婦してまざるときには、あうんの呼吸になれるのだが、ふたりきりになると、箱からティッシュペーパー一枚を抜いて渡してもらうにも、丁寧に「すみません」と会釈《えしゃく》しあう。知り合って四年、夫婦になって三年目になるが、いまもなお礼節を保っていた。

そんなある日、博さんが生まれたての仔猫をもらい受けてきた。店の常連に押しつけられたのだという。もとの飼い主は倒産して一家で夜逃げをしたのだそうだ。仔猫は雄のしまもよう。生後三週間ほどしか経っておらず、両掌にすっぽりおさまるような寸法で、常に手足を踏みだして母猫を探していた。

「トラ猫なんだってさ」

押しつけられたというわりに、にやけた顔で博さんはいう。興奮しているのか、夜更けだというのにやけに声が大きいのも気に障った。

「とら、おーい。とら」

「どうするの？」

こわごわ、わたしは訊いてみた。どうして、こわごわ、だったのか。でも猫が欲しいと思ったことは一度もない。ただの一度も欲しくはなかった。それに仔猫の貧相なこと。焦茶色の小鳩みたいで、虎だなんて不釣り合いだと、かすかにいらだった。

「人間の赤ん坊とおなじでいいさ」

冷蔵庫から牛乳パックをとりだし、博さんは風呂場へいってしまった。

わたしは牛乳を小皿に注いだ。仔猫をつかんで小皿のそばにおいてみる。仔猫の目はまだ開いておらず、毛もはげはげのちょぼちょぼで、とてもじゃないが自力で飲める気がしない。しかたがないので、小匙《こさじ》ですくって飲ませてやった。

博さんはわたしの三歳上だが、高校卒業後すぐに見習いコックとして働きはじめたせいか、人生経験ゆたかなうんと歳上のオジサンみたいにかんじることがあった。だから「子どもは早いほうがいい」という常套句《じょうとうく》も気にしていなかった。子どもを産むのは当分いいやと思っていたのだ。だけど博さんが決めたことには絶対服従だ。わたしだけじゃだめなのね。眠る仔猫をみて、つい、ひとりごちた。五月も終わり。窓から吹いてくる風に、庭のつつじが強く香った。

思いがけないことに、わだかまったのは初日きりだった。猫の赤ん坊を育てることはさほどむつかしくなかったのだ。自分でいうのもなんなのだが、わたしはいい飼い主だった。猫の撫でて欲しいところが、ぴたりとわかる。じゃれかたや、部屋の適温、和《なご》める片付けかた、美味しい餌、一日の時間配分まで、なにかと勘が報《しら》せてくれた。

梅雨《つゆ》のあいだは手間がかかったが、お乳を卒業し、餌を食べ、排泄を覚え、秋にはりっぱなトラ猫になった。生後半年というと、人間なら九歳の年齢だが、早くもいっちょまえの顔をして、よく遊びまわる。柱で爪を研《と》ぎ、障子を破き、ざぶとんを嚙んだ。畳は擦り切れ、どの部屋も毛だらけ。新築だった家は、またたくまに、ぼろ家になった。成長とともに活力が余るのか、夕方になると窓やドアを引っ掻くので、猫用ドアをお勝手に作り、夜は外へだすことにした。猫は明け方に帰り、餌が欲しくて起こしにくる。それはそれでいいのだが、餌をやったあと、わたしは二度寝もできず、もうろうとしたまま職場へいった。通勤は相変わらず一時間半もかかり、しばらくは我慢していたが、気がつけば、朝は眠くてたまらないのに、夜はみょうに目が冴える。わたしは夜行性に戻っていて、デパートを辞めることにした。

専業主婦になっても、やることはたくさんあった。家事のほかに、猫の遊び相手、抜け毛の掃除、博さんの白衣につく抜け毛はガムテープでこまめにとりのぞき、ふすまの穴に紙を張り、自分の昼寝もしなければならない。しかも猫は目を病み、風邪をひき、怪我をして帰ることも頻繁にあった。そのたび医者に診《み》せなければならず、わたしは運転免許をとることにした。評判のいい動物病院は二駅も離れていて、逃げまどう猫をむりやりに連れていくのは、とても骨の折れる仕事だったから。博さんには反対されたが、わたしは教習所に通った。運転免許がとれると、いつでも猫を病院へ連れていけるよう、へそくりをはたいて中古車も買った。冬の流行風邪に備えが必要だったし、じきに去勢手術を施さなければいけないと、主治医に忠告されてもいた。

冬にむかうにつれ、夜の外出は減っていき、猫はわたしの蒲団《ふとん》に潜りこんだ。一緒に眠るようになると、博さんはろこつに嫌な顔をした。

「不衛生だな」

そう吐き捨てた。わたしのほうをみもしないで。

最近では、わたしのいちいちが気にいらないのだろう。博さんはなんにもしない。自分でもらい受けてきたくせに、猫の面倒をみてくれたことはなかった。

といううよりも、日に日に、博さんは不機嫌になっていった。むかしから寡黙なひとだったとは思う。でもいまは、だんまり、むっつり、つっけんどん、というかんじだ。なにをするにも、ろくにこちらの顔もみない。週に一度の早番はなくなり、休みの日はひとりで床屋か銭湯へいってしまうし、夜の営みは乱暴になった。回数は増えたが性急になり、そのあいだは雨が降ろうと、雪が積もろうと、猫を外にだした。それに猫を一瞥《いちべつ》するときの冷徹な眼差し。ほんとうは猫にではなく、自分にむけられているように思え、博さんはわたしを嫌いになったのかも知れないと不安になった。

深く考えそうになると、慌てて、わたしは猫のそばへいった。撫でるため、撫でて気持ちよくなって、自分を忘れてしまうために。

猫のつややかな毛並み、しなやかな肢体、緑青色の瞳、甘い鳴き声、喉を鳴らすぐるぐるという音、ふくふくの肉球、ふかふかのしっぽ。とらえどころのないあの性格――聡明だが、うっかり屋な面や、いたずらっこな面もあり、誇り高く、遊び好きで、紳士的な顔ももっていた。誰だって抱きあげずにはいられない。そういう魅力の猫なのだ。

抱きあげて膝にのせる。撫でれば、ぬくい。愛しい。ぬくい。愛しい。ああ、わたしの猫。わたしだけの猫。そう思うのが、また快かった。

通りの桜が散って、新緑が芽吹き、猫は一歳になった。人間なら十七歳の年齢だ。ついこのあいだまであんなにか弱かったのに、どこか他人をよせつけない雰囲気の青年となっていた。孤高というのが、ぴったりくる。撫でようとすると、するりと逃げだす。猫じゃらしを揺らしても、そっけない。気まぐれにすりよってくるときには、ほんのちょっと空々しく、芝居がかっているかんじがし、しかし、それがまたさまになる。つんと澄ました顔つきと甘ったれた鳴き声があいまって、恰好よさに拍車をかける。しびれるとは、こういうことか。わたしはいっそう虜《とりこ》となった。

博さんは今朝もはりきって出勤していった。五月は大型連休があり、ほとんど休みがなかったのに、ここ数日は機嫌がいい。わたしは妊娠三ヵ月だった。産婦人科では順調だといわれた。それを話したのは先週の土曜日。博さんは深夜に帰宅した。

「今日は月がまんまるかったんだ、だから、そうだ。満男《みつお》という名前にしよう」

早口でしゃべったあと、ぱたりと黙りこみ、じんわり目を潤ませた。男か女かもわからないのに。そう思ったけれど、わたしはうなずいた。

わたしたちは台所の流しによりかかっていた。パジャマの足元がすうすうする。博さんはまだ外出着のままで、油とケチャップと小麦粉のまざったような匂いがした。

「この猫はもう誰かにやらないとな」

唐突に、博さんはいった。

意地悪をいっているんだと、すぐにわかった。

でもなにもいえなかった。反抗的な態度にならないよう、注意深く、わたしはほほえんだ。余裕の笑みだ。ほほえむことで、いまのはなかったことにできないかなと、胸のうちで望みを懸ける。きまじめな博さんの「冗談だよ」という台詞《せりふ》を待った。ところが博さんもほほえんだ。いつぶりだろう。こんなふうに、ほほえみあったのは。風がつつじの香りを運んでくる。これは博さんの本気のしるしと受けとるしかなかった。

翌朝から博さんは別人と化した。別人、というのは正しくない。たんにもとに戻っただけだ。穏やかで、やさしくて、寡黙な男。先々週まで平気な顔をして強引にわたしを組み伏せていた男と、まったくの同一人物だった。

それはそれでかまわない。そんな些事《さじ》はどうでもいい。いまだに信じられないのは、猫のことだ。この猫を他人にやらなければいけないないなんて。まさか。まさか。まさか。だけど博さんには絶対服従。選択の余地はなかった。

その日、わたしのつわりは軽かったので、午前中は洗濯をし、掃除を終えて、昼食をとった。ふだん病院にいくときのように猫を檻に押しこむ。おやつの煮干しをいくつかあげて、いつものように檻を車の後部座席にのせ、シートベルトをかける。行く先は決めておらず、外はひどく曇っていた。町を抜け、高速道路に乗って、南を目指す。道は前へ、前へと延び、迷うぃとまを与えない。空は灰色の雲でおおわれ、晴天時よりもまぶしくかんじた。工場地帯を越え、川を渡り、まっすぐまっすぐ進んでいくと、前方に山がみえてきた。突然いいようのない疲れをかんじた。時計をみると二時間近くも運転していたらしく、下道に降りた。吸いこまれるかのように、山道を走っていく。ふいに前方が開け、湖畔にでた。

そこは、ひっそりとした観光地だった。駐車場をみつけ、車を停めた。シャッターの降りた土産物屋。ひとけのない遊歩道。朽ち果てたボート乗り場。どこをみても侘《わび》しさが綿埃《わたぼこり》のようにたまり、反して緑は濃く深く、湖面にくっきりとした色を映し、鮮やかに広がっていた。わたしは猫を檻からだして、抱きかかえた。猫は逃げていこうとしたが、首の皮をつまみあげる。猫は弛緩《しかん》し、だらりとなった。砂利を踏みしめ、岸辺へむかう。そして放った。ちからの限り水面のほうへ。猫は宙を掻き、身体をよじって一回転したが、ぼちゃんと落ちた。

罪悪感はかんじなかった。罪はいずれ償《つぐな》うつもりだったから。それがなにかはわからなかったが、車に戻り、エンジンをかける。いまはただ家路を辿った。

100万回殺したいハニー、スウィート ダーリン

山田詠美

昔、ある殿方からこの絵本をプレゼントされた時、裏表紙の内側に愛の言葉が綴られていて、彼を見くだす程にいい気になった私。でも、後に某女優にも贈っていたことが発覚！　百万分の一回くらいの殺意が芽生えました。

山田詠美（やまだ・えいみ）

一九五九年東京都生まれ。八七年『ソウル・ミュージック・ラバーズ・オンリー』で直木賞、八九年『風葬の教室』で平林たい子文学賞、九一年『トラッシュ』で女流文学賞、九六年『アニマル・ロジック』で泉鏡花文学賞、二〇〇〇年『A2Z』で読売文学賞、〇五年『風味絶佳』で谷崎潤一郎賞、一二年『ジェントルマン』で野間文芸賞を受賞。ほかに『ベッドタイムアイズ』『学問』『賢者の愛』など著書多数。

あの人から『１００万回生きたねこ』という絵本をプレゼントされたんだよ、と自慢したら、女ともだちの真紀《まき》は、途端に意地悪な目つきになって言うのだった。で、まさか、それ読んで、あいつの前で泣いて見せたんじゃないでしょうね、と。

私は、答えた。泣いて見せたりなんかしないよ、と。真紀は、それならいい、と胸を撫で降ろしかけたが、私がこう続けるやいなや、めくじらを立てて責めた。

私は、言った。泣いて見せたんじゃなくって、本当に泣けて来ちゃったんだよ。主人公の「ねこ」のことを思ったら、悲しくなって、胸がいっぱいになって、瞼《まぶた》のところで涙がどんどん膨んで溜めておけなくて、ぽろぽろ粒が落っこっちゃったんだよ。

黙って聞いていた真紀だったが、やがて、ぽつりと言った。明美《あけみ》、あんた、運のつきだ。

そう、それが、私の運のつきだった。

私に、あの絵本をくれた男は美樹生《みきお》といって、皆に、ミックと呼ばれていた。え？　ミュージシャンかって？　全然、違う。ただのホストだ。いや、ただの、なんて付けたらホストに失礼だ、と彼を知る女たちは言う。一流どこのホストと彼には雲泥《うんでい》の差があるのだそうだ。ただ女をたらし込んで、日々の糧《かて》を得ている。私たちの世界では最下層に属しているね、と真紀なんかは容赦ない。彼女の言う私たちの世界とは、つまり夜の世界ってこと。私は、ホステス。キャバクラで働くには、少しばかりとうが立って来たので、ちょっとだけ場末のクラブに降りて来た。源氏名は、ビアンカ。ミック・ジャガーの奥さんだった人の名前だと言って、彼が付けた。ミックとビアンカって、何だか古い感じがするし、シドアンドナンシーみたいなクールなイメージもない。そう告げたら、ぶたれた。下手すっと、おれが美樹生だからミッキーとミニーとか呼ばれかねないからな、と彼がぶるっと身震いしたので頷いた。私の体は、ミニーマウスのように小さい。

　絵本は、佐野洋子という人によるもの。作者は何年か前に亡くなったが、今でも読み継がれているロングセラーだという。本に巻いてある紙には、二百万部と書いてある。これって、二百万冊の本が世の中に存在しているってこと？　そうなの？　だったら、すごーい、すごーい。図書館や友達から借りる人もいるだろうから、二百万人よりもずっと多くの人が、この「ねこ」のことを知っているんだ。ただの猫でなくて、ねこ。

お話は、とてもシンプルで、日頃、本なんて読まない私にも簡単に理解出来た。百万年死なない猫の話。百万回も死んで百万回も生きた「ねこ」という猫の話。死の局面のたびに、彼を深く愛していた飼い主たちは、誰もが泣く。でも、当のねこはへっちゃらだ。だって、どの飼い主のことも全然好きではなかったから。

ページをめくりながら、私は、ねこを、とても羨しく思った。誰も愛していないって、なんて気楽なのだろうと感じたから。私なんか、可愛いがってくれた誰が死んでも悲しみのあまり病《やまい》のようになった。自転車泥棒に遭った際に一所懸命になってくれたおまわりさんの時も、冬になるとおみかんをおまけしてくれた八百屋のおばさんの時もだ。金欠の私の体を買ってくれたおじいさんの時なんか、じゃんじゃん泣いた。だって、世の中の逆風にもめげずに健気《けなげ》に生きとるお嬢ちゃんって言ってくれたんだもの。抱かれたその日は穏やかな天候で、全然、逆の風とか吹いていなかったけれども、若い娘への親切心をしっかり持っているお年寄の姿勢にぐっと来た。それなのに、御礼も出来ない内に死んじゃった。

そんなぐずぐずした私に比べて、ねこと来たら！ こんなふうに、人と関わった人生をリセットして行けたら、どんなに生きやすいだろう、と我身と比べて溜息をついた私。私は、永遠にねこの飼い主側の人間。

しかし、ねこが白いねこと出会ったと読んだ瞬間から、心がそわそわし始めた。悲しみの前触れが訪れる時は、いつもそうであるように落ち着かなくなってしまう。この時もそうなった。そわそわ、という言葉は、そぐわないかもしれないけれど、それしか当てはめようがない。来るよ、来るよ、と自らをせき立てるような気持。体じゅうが甘く軋《きし》む。悲しみは、まったく歓迎したくない感情だけれども、その手前に好意やら愛やらの布石が打たれていると、甘みだって、ちゃんとある。そして、甘いからこそ、もっと悲しい。

私の予感通り、白いねこを愛してしまったねこは、その死に際して泣いて泣いて、泣いて死んだ。そして、今度は、もう生き返らなかった。心から愛した者の喪失は、決して、彼の生をリセットさせなかったのだ。うんと幸せになった故に、うんと不幸せになってしまったねこ。ばか、ねこのばか。私を散々羨しがらせておいて、このていたらく。結局、私と同じ穴のむじなじゃん。猫、だけど。

美樹生は、私が絵本のページをめくる間、ずっと側にいた。そして、食い入るような目つきで私を見詰めていた……と思う。だって、いつもかさかさと音を立てている落ち着きのない彼なのに、その時は何の音もしなかったもの。私は、ねこの世界に入り込んで行き、彼は、ねこの世界の終わりで待ちかまえていた。やがて、私がそこに行き着いて、はらはらと涙を落としながら本を閉じて顔を上げた時、よくやった！とでも言いた気な表情の彼がいた。私、どうやら合格したらしい。おれの女、と言われて抱き締められた。

「おまえ、本気で泣いてる。すっごくいい！　本物の愛に対するセンサーが、ちゃんとあるんだな。よし！　おまえを次のビアンカにしてやる！」

次の、という言葉が引っ掛かったけど、取りあえず嬉しかった。だって、美樹生に寄って来る女は、とても多くて、その中で特別な女になるのは至難の業と思われていたから。

「みんな、あの手この手を使って、どうにかして、おれに取り入ろうと思うのな。でも、ほとんどは相手にしてやんねえ。審美眼っていうの？　おれのそれに引っ掛かった女だけに、この絵本を読ませてみる訳。外見をパスした女に課す試練ってやつね。この本で泣くか泣かないかで心の綺麗さをテストする」

「ミックは、泣いたの？」

「めちゃ泣きだよ！　やっと愛を知ったねこのせつなさを思うと、今でも泣けて来る」

そう言う側から、本当に目の縁を濡らして行く美樹生。私たち、同じもののために涙することが出来るんだ。愛に関する価値観が一緒の人と出合うなんて滅多にないことだ。ここに辿り着くまで長かったけれど、私は、ようやく大好きな男を手に入れた。死が二人を分かつまで一緒にいたっていい。ううん、どちらかが死んだら、ずっと泣いている内にもう片方も死んで、その内にどろどろになって同化してしまうんじゃないの？　もしそうなら、死は、私たちの愛をかき混ぜて一緒くたにしてくれる便利なものなんじゃない？　そう思うと、何も怖くない。でも、ビアンカなんて名前は、ちょっと、嫌。


と、そこで殴られたのが、すべての始まりだった。何の、かと言うと、真紀が吐き捨てるように口にした「運のつき」の始まり。

美樹生は、私に、よく手を上げた。でも、彼が悪いと一方的に責めることは出来ない。きっかけは、たいていの場合、私が彼をなじったことに端《たん》を発していたから。常に彼のエンジェルでいたいと思っていた私だが、その女癖がそうさせなかった。何しろ彼の魅力は、あちこちで女を引き付けた。それに関してやきもきするのは仕方ない。自分が、もてる男に選ばれてしまったのだもの。引き受けるべき試練だ。問題は、ここ。『１００万回生きたねこ』を読まされて、泣いた、あるいは泣いて見せた女が、ものすごく多かったということなのだ。彼は、そのたんびに、いとも簡単にほだされてしまったという訳。

私は、思う。「ねこ」のために目の前で泣いてやったら、美樹生という稀少動物の雄が手に入るのよ、と今や世界中の女たちの間で囁かれているのではないか、と。「ねこ」というキーワードが、愛の枯渇を嘆く女たちに、ひそかに出回っているのではないか、と。もし、そうなら、家の外には、私にとっての数限りないライヴァルあり！　考えが、そこに至ると、もういても立ってもいられない。でも、どうすることも出来ないのだ。ただ、待ち侘《わ》びるしか。

美樹生は、いつも、ふらりとやって来る。私の部屋に。あるいは、私の働く店に。ごく自然な、訪れるべき時だから訪れた、という風情。少し冷たいな、と感じて、私は拗《す》ねて見せる。すると、彼は、目の横にいっぱい皺《しわ》を寄せて、そんなに会いたかった？　と言って笑う。私は、頷いて、ころんと彼の体に倒れ掛かる。拗ねるのはそこまでで、素早く可愛い甘え方に切り替えなくてはならない。いつまでも、なかなか来なかったことに対する不平などを申し立てていたら、あーっ、うっせえ女！　というんざりした声と共に突き飛ばされ、壁にぶち当たって崩れ落ちるのが関の山。

さすがに美樹生も店では、そこまでやらないけど、マネージャーや他の女の子たちに見つからないようにソファの背もたれで隠れた腰のあたりの肉をぎりぎりとつねる。だから、ドレスに覆われた私の皮膚のあちこちには痣《あざ》がある。でも、そんなのは全然気にならない。そりゃあ、しばらくは痛むけど、二人きりになって、機嫌の良い時にはいつも、私におまじないをかけてくれるから。あーあー、かわいそかわいそ、痛いの痛いの飛んでけーって。

美樹生によって付けられた痣は、他にも沢山あって、古いのに新しい痣が塗り重ねられたようになっている箇所もある。彼は、ずい分前のものを自分が付けただなんて覚えていなくて、いったい誰にやられたんだ！　と怒り出すこともあるうっかり屋さん。

「それもミックがやったんだよ」

「ほんと？　ほんとにおれがやったの？」

「うん」

「ひでえ奴。おれ最底」

そう言って、真底すまなそうに青黒い色の残った部分に頬ずりをする。足の指のあたりだったりたりすると爪先を口にくわえる。手当てしているつもりなのだ。自分で付けた傷は自分で癒そうとする。ドゥイットユアセルフってやつ？　私、いつも壊されては修理されるおもちゃみたい。

そんな暴力男とはさっさと別れちゃいなよ、と真紀は言うけれども、彼女は全然解《わか》っちゃいないなって思う。確かに美樹生は、時々、私を痛めつける。でも、それは、その後で私を極楽に連れて行ってくれるためなのだ。

「は？　極楽？　それって、いったい、どんな種類の極楽なのよ!?」

「……天国って言ってもいいけど……」

「明美、それってセックスのことを言ってるの？　仲直りの後のオーガズムは最高って話？」

「それもあるけど、それだけじゃない」

あのね、と言って、彼女は私の両肩をつかんで揺さぶった。

「暴力を前戯にしたセックスなんて最底だよ？」

そうじゃない。私の言っているのは、体のことであって、体のことではないのだ。

でも、どう説明して良いのかが解らない。

「くずじゃないの」

言い過ぎた、と思ったのか真紀は口許《くちもと》を押さえた。

「……つまり、私にとっては、くずのように見えることもあるってことだけど……もちろん、こちらには計り知れない良い所もある人なんだろうけど……」

くずだよ。そう口に出して言いたかったけれど、美樹生の名誉のためにこらえた。確かにあの人はくずかもしれない。でも、私の好きなくずというものも、この世には存在する。星くず、とか、藻《も》くず、とか。そういうもののひとつに数えられる。それが、私の男。

前に、たったひとりの身内であった母が死んだ時、私は、打ちひしがれた。涙も出ないくらいに苦しくて、ただ呻く私を抱えるようにして、美樹生は、背中をさすってくれた。そして、何度も何度もこう言った。

「そんなに愛してたんなら、母ちゃんは死んでも、ビアンカの愛は死なないよ」

その言葉も、また、おまじないのひとつだったのか。ビアンカなんていう女が娘だと知ったら、田舎のおばちゃんだった母は、さぞかし呆気に取られるだろう、と思い、おかしくなってしまった。だから、くすり、と笑った。そして、その、「くすり」を何度もくり返している内に、私は母の死に慣れた。もう触れられない。でも、心の中で会える。向こうは何も応えてくれないけれど。

よしよし、と落ち着いた私を抱き締めて、美樹生は言った。

「愛されて死んだもんは、幸せになるんだ」

え？　と私は問いかけた。

「幸せな、何になるの？　私のお母さんは、私の心の中で口の利けない人になっているよ」

「死んだら、母ちゃんは母ちゃんのままじゃないんだよ」

「そうなの？　ミック、そうなの？　だったら、何になると言うの？」

うーんと、と言って美樹生は、鼻の下をごしごし人指し指でこすって、少しの間考えていたが、思いついた、というように得意気に言った。

「幸せな空気とかになるんだよ！」

以来、私は、幸せな瞬間にだけ深呼吸をするようになった。母を取り込んでいたのだ。ううん、母だけじゃない。死んじゃった時に泣いてしまうほど好きだった人たち、すべてを。みんな、来る。私の鼻と口から入って来て、胸の奥でたゆたう。腹式呼吸をすれば、おなかの底にだってやって来て、私と幸せを分かち合う。

愛されて死んだもんは幸せになる。こういう普遍的真理っていうの？　そういうのを要所要所で教えてくれる美樹生は賢いって、私は思う。真紀たちは、あんな男に脳みそなんかないって言うけれど、彼は頭で考えるのではなく、センサーで感じる性質《たち》。その触覚は虫より敏感で、より良く生きる術《すべ》に長《た》けている。あの、ねこだって、愛されて死ぬのをくり返して、ようやく白いねことの幸せをつかんだ。そして、あの絵本にあった結末の後には、二匹で幸せな空気になったに決まっている。やはり、彼は正しい。

そんなふうに、よこしまな気持など何もない澄んだ心持ちで美樹生を仰ぎ見ている私がいるというのに、どうして他の女を相手にするのか。殺したくなる。もう、何度、そう思ったか解らない。でも、実行に移すこともなく、やっぱり死んじゃ嫌だ、と思い直すのだ。死んじゃえ、死んじゃ嫌……死んじゃえ、死んじゃ嫌……このくり返し。いつか、死んじゃえ、で私の気持が止まったままになる日が来るのだろうか。

幸か不幸か、美樹生のおかげ、いや、彼のせいで、私の語彙《ごい》は着々と増えて行くのである。

この間は、愁嘆場《しゅうたんば》という言葉を覚えた。新しく店に入った女の子が、美樹生と私の深い仲を知らずに、彼とやったと吹聴《ふいちょう》したのだ。やった、だって！　何という下品な言い方だろう。しかも、たいしたことなかった、なんて言い放った。怒りに震える私の腕を、真紀がつかんで落ち着かせようとしたが、既に遅かった。私は新入りに飛び掛かり、彼女を倒して馬乗りになった。愛という大義のために戦う！　そう決意して拳《こぶし》を振り上げた。しかし、新入りの方が若いからか身のこなしは敏捷で、あっと言う間に形勢は逆転した。何度かくり出した私のパンチは、どれも空振りで宙を切っていた。その内に、私は彼女のいいようにされ、何発も殴られた。そして、床に叩き付けられ、目には涙が滲んだ。悔しい、悔し過ぎる！　美樹生にぶたれる痛みは愛の甘さの隠し味だが、その彼とやった、もとい、同衾《どうきん》した女に殴られるのは屈辱以外の何物でもないではないか。

「ミックは、あんたに縛り付けられて、うっとうしくってたまんないって言っていたよ」

新入りのその言い草は、私に負のパワーを与え、私は反撃すべく起き上がり、空手の型のようなポーズを取った。ほれ、かかって来んかい！　と言うつもりで口を開けたのだが、その瞬間、カウンターの中から出て来たチーフにバケツの水を浴びせられた。

「二人共、愁嘆場、演じてる暇があったら、ひとりでも多く同伴して来い！」

そうか。こういう場面を愁嘆場と呼ぶのか。勉強になります、と私は唇を嚙む。世にも、憐れな勉強。でも、いいんだ。これで、あの新入りは、私たちの間に割り込まないだろう。体を張って愛を守った私。

それなのに、美樹生は、事の顚末《てんまつ》を知って、私を激しくなじったのだった。

「あーもー、ジェリーちゃん、おれの大事な客なのに！」

「いつのまに、あの女、ジェリーちゃんになってたの？」

ふん、と言ったきり、美樹生は、そのジェリーちゃんとやらに連絡を取ろうと必死になっていた。ねえ、その女、何人目のジェリーちゃん？　ジェリー何号？　十号？　二十号？　私の心は、怒りのあまりに、ほとんど爆発してしまいそう。ロックなんか、とんと縁のなかった私だって、今となっては、ミック・ジャガーがジェリー・ホールというモデルと結婚していたのを知っている。

「今、メールしてたの、何人目のジェリーなの？」

「ジェリーじゃねえよ」

「じゃあ、誰？」

「マリアンヌちゃん」

私は、その昔、ミック・ジャガーがマリアンヌ・フェイスフルという歌手と恋人同士だったことも知っている。これも、憐れな勉強の成果。殺したい。もう、何回、そう思ったっけ。十回？　二十回？　百回？　それこそ百万回思うまで続くんじゃないだろうか、この深い仲。殺したいほどの憎しみ。でも、すぐにリセットされて、新しい愛情は湧いて来る。リセットボタンになるのは、たった一度の口づけで充分。あるいは、たったひと言の甘い言葉でも。彼の囁きは、私にとって、はちみつのひと匙。誰が何と言っても、それだけでこと足りる、筈《はず》。

見くびられている。それは、解る。でも、必要ともされているのだ。このことは、彼からのヴァイブレイションを直《じか》に感じている私にしか解らない。本当に伝わって来るの。おれ、ビアンカがいなかったら、きっと、のたれ死んじまうよお、っていう心の叫びが。私が馬鹿見てるって説もあるけれど、いちばーん最後に、互いの思いの分量がとんとんになれば良い訳でしょ。

冬の寒い夜、私を気遣って、おれの分やるから、あったまりな、と言ってラーメンの汁の残りをくれる美樹生。夏の暑い日には汗だくで私の家にやって来て、ガリガリ君アイスキャンデーの当り棒を何本もくれる彼。皆から集めたんだぜい、と親切心を惜しむことなく差し出す時の笑顔が慈悲深くって、たまらない。春や秋のような過ごしやすい季節には、放って置かれることも多いけれど、きっと、私を甘やかし過ぎないための配慮だと思う。

　こういうふうに季節を重ねて行けば、いつか、きっと張尻は合う。愛のギヴアンドテイクは、他人には計り知れないものなのだ。私を無償の愛とやらに甘んじている間抜けな女だなんて思わないで。今日だって、素敵な告白をされて元を取ったばかり。ビアンカ、おまえの体って、ちっちゃくって可愛いくって、ほんと、おれ仕様《しよう》、だって。

　大女のマリアンヌにすげなくされたのよ、と言う真紀とは、少し距離を置かなくては、と思ってる。告げ口なんて、あまり、みっともいいもんじゃない。

　愛憎相なかばする充実した日々を精一杯生きていた私だ。しかし、とうとう恐れていた日がやって来てしまったのだった。私は、美樹生との憐れな勉強から覚えた佳人《かじん》薄命という言葉が怖くてならなかった。某美人女優が病気で早死にしたという話題が出た時に、だから私は長生きする、という結論を導き出した彼が使った言葉。佳人薄命の反対で、おまえなんか長生きすんじゃね？　と言われて傷付いた。私は、すかさず抗議したけれども、彼がこう続けたので真底怯《おび》えた。

「おれみたいな美少年は、だから、わりに早く死んじゃうのかも」

もう少年なんかじゃない。それなのに、そんな言葉を当てはめるなんて図々しいにも程がある。そう言って、笑ってやろうとした。しかし、顔は強張《こわば》ったままだった。私も、いつのまにか仕込まれて、彼同様、センサーで感じる性質になっていたのだ。

美樹生との関係は、唐突にちょん切られた。ある日の明け方、彼は、路上で死んでいた。彼は、ホストとして働いていた店で、ずい分とあこぎな枕営業を持ちかけていたという。恨みを持つ人間が多過ぎて、誰にぶちのめされたのかが解らないらしい、とは、別の店で働く真紀の恋人の報告だ。

私は、佳人薄命という言葉通りになってしまったことに激しく動揺した。と、同時に、その言葉の正しさに説得されたような思いで、諦めが押し寄せるのも感じていた。素晴しい男のはかない運命《さだめ》。これは、私が美樹生に出会った時から決められていたことだったのか。不憫《ふびん》な人。美し過ぎて神様が嫉妬したんだわ、とどこかの少女漫画のような台詞を吐いてみたが、正しくないのがすぐに解った。

美樹生は神様ではなく、私に嫉妬されていたのだ。いつもいつも、殺したいという私の呪詛《じゅそ》にさらされていた。百万回とまでは行かないけれども、それに近いくらい、私は憎悪で心を焼いた。でも。それは、彼に生き直して欲しかったからだ。いったん死んでから、今度こそは私だけを愛する男として、甦ってくれることを夢見た。ねえ、ミック。あなた、本当に死んじゃったの？　もう、私をこ突き回したり、蹴り飛ばしたり、殴り付けたりすることはないの？　労《いたわ》るような言葉で、私の心の傷を手当てしたり、物知らずの私を憐れんでくれたり、二人だけの秘密の言葉を提案したりは、もうしないの？　唾液を絞り上げるように吸い合ったり、お互いの皮膚を糅《なめ》すようにこすり合ったり、火打ち石で火を起こすように腰を打ち付け合ったり。相手の瞳に憐れな自分を映しながらの、あのいとおしいファックの数々は？　あれらすべては、もう消えて失くなってしまうの？　私に呪詛と祝祭を同時に運んで来たものたち。

そこまで、理不尽な運命に楯突いてみたのに、もうどうしようもないことだって解っている自分が可哀相で泣けて来た。私は、本当は知っていたのだ。百万回殺したいと思う方が、一回死なれるよりも、はるかにましだということを。

道端で嗚咽《おえつ》していた私に、大丈夫ですか？　と声をかける人がいた。明美ちゃん、と彼は、私を呼んだ。たまに寄る薬局のお兄さんだった。明美ちゃんか。ミックと一緒にビアンカも死んじゃった。

私は、バッグから、いつも持ち歩いているあの絵本を出して、お兄さんに渡した。

彼は、とまどいながら受け取り、その後で、今度、映画にでも行きませんか、と誘った。

私は、まず、その絵本を読んでみて下さい、と言った。百万回生きて、百万回死んだねこは、愛を知って、ようやくちゃんと死ねた筈だったのに、また新たな読者の心の中で生き返ってしまうかもしれない。

「泣いてしまったかどうか、後で教えて」

と、私は言った。でも、それを聞いたからどうなるっていうの？　ねこと違って、あの人は永遠に死んだままだ。はちみつみたいな、私のスウィートダーリン。

黒ねこ

綿矢りさ

『100万回生きたねこ』の表紙を見たとき、まず初めに「並大抵の猫じゃないな」と思いました。ふてぶてしくも気高い面構えからは、さすがに百万回生きただけある気迫を感じました。百万回のなかには、有名猫の一生も含まれてるのでは？　と思い、ポーの「黒猫」をイメージして今回の話を書きました。

綿矢りさ（わたや・りさ）

一九八四年京都府生まれ。二〇〇一年『インストール』で文藝賞を受賞して作家デビュー。〇四年『蹴りたい背中』で芥川賞、一二年『かわいそうだね？』で大江健三郎賞を受賞。ほかの作品に『夢を与える』『勝手にふるえてろ』『ひらいて』『しょうがの味は熱い』『憤死』『意識のリボン』がある。

両親が不仲だと、空気を取り繕《つくろ》うのだけが異様にうまくなる。しかめ面やイライラのオーラや怒鳴り声に汚染された空気を、まるで魔法のほうきでささっと床を掃《は》くみたいに、楽しげなマヌケな姿できれいにするんだ。怒っている二人に内心八つ当たりされるんじゃないかってびくびくしながら、妙にむじゃきな笑顔を張りつけて、足にスリスリ、次は膝に飛び乗ったりを、父さん母さんにきっちり平等にこなす。聞いてるだけで、骨が折れるって分かるだろ？　でも肝心の二人は気づいてないみたいで、僕のおかげで角が取れて仲直りして、「プルートちゃんごめんね」なんてすまなそうに食事の量を増やしたりするくせに、じきにすぐまたケンカが始まる。理由は些細《ささい》なことさ、インゲンが芯まで煮えてないだの、暖炉の薪《まき》が足りてないだの、お互いイヤミで言ってるわけじゃなくて思ったまま呟くのを、相手が自分への非難と受け取るから、始末が悪い。「薪はおじいさんが用意してくれると言ったじゃありませんか」なんて母さんが反論したらもう終わり、ほかの家から離れたこの一軒家で、二人の〝どつちが正しいか論争″は勃発する。結論は出ないし、毎度同じ内容を言い合ってるのは、二人ともけっこう年で、同じ会話をくり返しても覚えてないから苦じゃないんだろう。その点二人が年を取ってからの子どもである若い僕は、「ああ、この会話の流れ、何度めだろう。次は父さんが〝あのときはそんなこと言ってないだろう!〟、で母さんが〝言いましたよ!　どうして忘れたふりするんですか?〟だ」と予測できて、大体その通りの流れになる。あるいは、ケンカというのは言葉が飛び交いながらも、本当はなにも考えてなくて頭なんかカッカして沸騰中だから、若くて頭がしっかりしていても、つねに同じ道すじをたどるのかもしれない。

どちらかの血管が切れて倒れてしまうまえに、ニャオウンと鳴いて僕の登場さ。まったく、猫に気を遣《つか》わせるなんて、ありえないよ。僕だってできれば本来の気高い性質の通り、夫婦ゲンカなんて猫も食わないにゃん、と、怒鳴り合う二人に白けた一瞥をくれたあと、さっさと部屋を立ち去りたい。でも僕がいなくなれば、夜中延々と言い争いが続くのだから、やってられない。母さんはじゃれてきた僕にかまわずにはいられないし、父さんは僕のおかげで表情のやわらかくなった母さんを怒り続けることもできなくなり、にがにがしげに部屋から立ち去る。父さんはあまり僕を積極的に可愛がろうとはしない、でも完ぺきに愛情がないとは思わないさ、だってときどき母さの見ていないところで、僕をなでたり、僕のとってきた獲物を、母さんなら悲鳴を上げてすぐ捨ててしまうのに、父さんは「えらいな」とほめてくれたりする。結局捨てるのは同じだけれど。だから僕は二人に同じようになついている、感謝もあるしね。ずっと前、この家の庭に転がり込んできたのら猫の僕を見つけて、うちの子にしたいと言い出したのは母さんだし、初めはしぶっていたけど最終的には受け入れてくれたのは父さんだしね。真っ黒な猫は不吉だと、理不尽《りふじん》なインネンをつけられて元飼い主から煙たがられていたこの僕を、迎え入れてくれた二人は、きっと根はやさしい人たちだと思うんだ。

僕の名前はプルート。人間の心の機微がよく分かる、頭の良い猫だと思う。子どものころに拾われて、本当の親は見たことはないけれど、前世の記憶はちょっぴりあったりして。神秘的な性質なんだ。前は船に乗って船酔いして、ゲーゲー吐いた記憶があるな。

まあ夫婦仲は悪いけど、僕というパーフェクトなバランス調整士もいるし、二人とも老いても身体は元気だし、うちは幸せな家庭の部類に入ると思ってたんだ。甘かったね。あの晩、いつもとは質の違う、しゃれにならない大ゲンカが始まったとき、僕はどうすることもできなかったのさ。

「こんなものを、大事にとっておくなんて！」

年末には大掃除をしようなんて、父さんがめずらしく提案したのがいけなかった。父さんはうちの広い庭と、家のまえの木立の掃除を、母さんは家のなかの掃除を担当した。父さんが枯れ木にしか見えない、だけど生きてる木の小枝を剪定《せんてい》していて、僕はその作業がものめずらしくて、すぐ側で見ていた。ちょうどそのとき、母さんが父さんの書斎を掃除して、物入れから古い日記を見つけてしまったんだな。茶色く変色した日記帳は、中のページもところどころ虫に食われて穴が空いていたけど、中身はまだちゃんと読めた。

「10月2日、私は彼女と待ち合わせした。彼女と休んだとき、大木の木陰の、陽に透けた葉を二人で眺めた……ですって？　不倫のくせに、けがらわしい。すべて捨ててと言ったのに、こんなもの後生大事に持ってるなんて、もしかしてあの女から来た手紙も、まだとってあるんですか？」

「何を言ってるんだ。手紙はお前が全部焼いたじゃないか！」

「本当に全部だったのかしら。こんな日記をまだ持っているようじゃ、手紙もどこかに隠しているんじゃありませんか？」

いつにも増して母さんの勢いはすさまじく、父さんが取り戻そうとしても、頑として日記をつかんで放さない。ああ、これがケンカの核だ。そして、父さんと母さんの間に僕以外の子どもがいない理由でもある。些細なできごとから始まり、最後にはお互いの過去のことでののしり合って堂々めぐりになる、あのいつものケンカのパターンの理由をようやく知れて、僕は自分の出るタイミングを失っておろおろしながらも、ようやく分かったとすっきりした気分だった。二人のケンカがどんなつまらない内容でもいつも解決しないのは、過去の重大な事件が不仲の根本にあるからだ。母さんは心の傷がまだ癒《い》えてないから、機会がくれば父さんを責めたいし、父さんはまだ許してもらえてないと気づいてるから、母さんがなんの気なしに言った言葉でも、自分への非難だと思って怒るのだ。

「日記がまだ残っていたなんて、わしも知らなかったんだ。捨ててくるから貸しなさい」

「いやですよ。せっかく見つけたんだから、全部のページを読んでやります。あの若いころ、あなたの帰りを部屋でじっと待っていた私が、どれだけ裏切られていたのかを確かめるわ」

父さんの顔色が変わった。力ずくで日記を取り戻そうと、母さんに後ろから抱きついて日記を取ろうとする。母さんは悲鳴をあげて、でも懐に日記を抱え込んでうずくまり、なにがなんでも渡そうとしない。ニャオウンと鳴くのも忘れて、僕は二人の周りを飛び跳ねていた。二人のケンカにつられて興奮しちゃってるように見えたかもしれないけど、ほんとは入り込むタイミングを必死でうかがってたんだ。またどちらかの膝に飛び乗れたら……。足にしっぽをからめることができたら……。でも二人ともしっかり密着して、というかもみ合って激しく動いているから、とても近寄れる状況じゃなかった。

「いまからでも遅くありません。あなたに吐《つ》かれた嘘を、私が一つ一つ徹底的に解明していきます！」

「もう、たくさんだ！」

父さんはテーブルの上の花瓶を両手に持ち、母さんの頭上めがけてふり降ろした。ガチャンとすさまじい音がして、母さんが床に倒れ込む。母さんの頭は割れて、みるみるうちに白髪が赤黒い血に染まっていった。僕が破片をよけながら母さんに近づくと、母さんはしばらく呻いていたが、ついに動かなくなった。僕は鳴き続けたけど、父さんは呆然としたまま母さんを見下ろしたままだったな。これは僕の見方だから間違ってるかもしれないけど、息を引き取った母さんは、なにかから解放されたように安らかな表情に戻っていた。母さんも、もう、たくさんだ！という気持ちだったのだろう。一方何も終わっていない、むしろ今から新しい苦しみの始まった父さんの表情は、石のように固かった。顎だけがかくかくと動いて、ふるえる手で母さんが完全に亡くなったのを確認すると、床にしゃがみこんで頭を抱えた。衝動的に殺してしまったのを後悔しているのは伝わってきたけど、父さんはなにも言わなかった。僕は最後の頼みに医者を呼んでほしくて、母さんの近くで相変わらず鳴き続けていたけど、顔を上げた父さんの表情を見て、だまった。

父さんはテーブルに座りお酒をあおり始めたけど、近寄りがたい雰囲気で、僕は母さんのそばに佇《たたず》むしかなかった。深夜までひたすら酒を飲み続けたあと、父さんは長いため息をついて立ち上がり、まず母さんの腕のなかから日記を引き抜こうとしたが、強く抱え込んでいるせいでどうしても引き抜けなかった。舌打ちをしたあと、母さんの両脇を抱えて脚を引きずりながら、廊下へ出て、地下室のドアを開けた。僕も心配になって、居間から続く血の跡に沿って、そっと後ろをついていった。

父さんは足を踏み外さないように、母さんを抱きかかえたまま、後ろを見ながら地下室の階段を一歩一歩慎重に降りてゆく。一段降りるごとに、母さんの内履《うちば》きを履いた足のかかとが階段に当たる鈍い音が聞こえた。地下室はじっとり冷えて、まだろうそくの燭台《しょくだい》一つも置いてない。階段を降りきると、父さんは母さんを床に置いて、ろうそくを一つ持ってきて火をつけた。ろうそくの灯りに照らされた父さんの顔は、ゆがんだ冷たい決意に満ちていて、ぶきみだ。近寄るのが恐くて、離れた場所から様子をうかがう。父さんは、母さんをどうするつもりだろう。父さんは一旦地下室から出てゆくと、つるはしとシャベルを握り締めて戻ってきて、何を思ったか、塗ったばかりの壁を、ものすごい勢いで破壊し始めた。まだしっくいの固まっていない壁はもろく、すぐに崩れて塊《かたまり》になってこぼれ落ちてゆく。父さんは大きな空洞を作ると、そのなかに死んだ母さんをしまい始めた。ようやく父さんがなにをしているのかが分かって、僕はたまらなくせつなくなった。だってひどいじゃないか、普通はどんな動物でも寝転がって永遠の眠りにつきたいものだ。なのに母さんは、頭を割られたあげく、永遠に立ったまま葬られようとしている。腰と足を悪くしていて、座るたびに、ほっとしたため息をついていたあの母さんが、立ったまま埋められるなんて、僕は見てられなかったんだ。

思わず穴に飛び込んで、母さんの横に立ち、一声鳴こうと大きく口を開けた。しっくいの塊が口のなかに飛び込んできて、息ができなくなった！　僕がいると気づかない父さんが、必死で穴ぼこをまたしっくいで埋めようとしている。僕は塊を吐き出そう、穴から出ようともがいたが、しっくいは冷たく、もったり重く、身体を動かそうとしても力を吸い取ってゆく。

絶体絶命！　しっくい猫になるなんて、イヤだ！　もがいても、もがいても気づいてもらえなくて、とうとう視界がまっくらになった。分厚い壁は元通り塗り込められて、壁の表面を整えるために、父さんがシャベルの裏を使って壁を叩く音が、身体に直接響いてきた。あまりのことに、僕は気を失ったんだ。正直な話、母さんは死んでるからまだいいけど、生きてる僕からすればこのシチュエーション、恐怖以外の何物でもないよ。生き埋め、ってやつだからね。何度か意識が戻ったけど、目を開けても朝も夜も分からない、息苦しくてぴくりとも動けない、となるとまたすぐに気を失った。僕が真っ黒だから闇にまぎれて見つけてもらえなかったと思うと、初めて自分の毛の色を憎んだね。それまでけっこう、黒々とした毛のツヤを、誇りにしていたんだけど。

オールのないボートで沖に出ていた意識が、ふっと浜辺に戻される瞬間があった。なにか聞こえた気がしたんだ。耳をいつも以上に三角にして音を聞くのに集中すると、確かに壁の外側から声がする。すぐ近くを歩きまわっている振動も。

「この地下室にはなにもありませんよ。なにしろまだできたばかりで、女房も出入りしてなかったですからね。二人であれを置こう、これも置こうって、使いみちを仲良く相談していたのに……残念です」

神妙な父さんの声、ウソをついてネコをかぶっていると、すぐ分かった。壁のなかの母さんと僕を、見つけてほしくないんだ。

だから次の父さんの行動には本当に驚いた――まるで普通の壁を叩くように、ちょうど僕らのいるあたりを杖で叩いたんだ。

「ここの壁はがんじょうに作ってありますよ」

なんて奇妙な台詞つきで。壁は、表面は乾いていたけど中はまだもろく、杖のくれた振動が、どうしても僕の口に挟まって抜けなかったしっくいの塊を、奇跡的にちょっとどけてくれた。

もう今を逃すとチャンスはない。しっくいの塊を吐き出そうと舌で猛烈に押すと、固まりかけのしっくいはうまく動いて、口にほんの少し隙間ができた。

お腹からふりしぼって声を出した。か細い鳴き声しか出ないけど、何度も何度も、必死に。地下室を歩きまわっていた足音が止まる。

「いま、なにか声が聞こえませんでしたか」

「さあ、私にはなにも」

「いや、たしかに聞こえたぞ。だれかの泣き声のような……」

残っている力をふりしぼり、もう一度鳴く。人の近づく気配がする。

「間違いない。壁のなかから、猫の鳴き声がするぞ！」

知らない声がそう叫んだかと思うと、なにか掘るものを持ってきなさいと、もう一人に命令した。父さんの声はなにも聞こえない。きっと僕が母さんといっしょに生き埋めにされてるなんて、思いもよらなくて、心底驚いているんだろう。

壁をシャベルで掘る衝撃が、ふたたび身体に伝わり、僕は目をつむってシャベルに脳天をかち割られる恐怖に耐えた。壁は外側は固まっていたが中はまだやわらかくて、人間たちは手で掘り始める。一掻《ひとか》き、二掻きするとようやく身体が動いて、僕は壁のなかから飛び出した。助かった！　外の世界だ！

警察の格好をした男二人が大声を上げて、てっきり僕の奇跡の生還に驚いているのかと思ったら、僕の隣にいた母さんの遺体に驚いていた。父さんだけが、僕を見ていた。つらい対面ではあったなあ。壁のなかはとても苦しかったけど、僕は父さんをうらんでいない。だって僕も埋まってることに気づかなかったんだから。でもまあ、母さんを勝手に埋めて、殺したことを隠そうとしたのは悪いから、ちゃんと罪を償いたまえ。警察に連れられてゆく父さんの背中を眺めながら、僕は一声ニャオウンと鳴いた。夫婦どうしで殺し合うなんて、しかもその死体を壁に埋めるだなんて、どれほど異常な家なんだと、この事件を知った人は怖気《おぞけ》をふるうだろう。でも毎晩二人を見ていた僕は、たしかにお互いに愛がまだ残っていたからこそ、事態がこじれてしまったと知っているんだ。

いまでは生き埋めからの脱出という武勇伝を武器に、可愛い白猫ちゃんをくどいて、ぶきみな殺人事件が起きた家としてまったく買い手がつかず、空いたままの家に、家族七人で住んでいます。ええ、りっぱな大黒柱の身分です。でも黒いからといって、もう生きたまま柱にされるのはイヤだなぁ。僕の話は小説家の手によって、けっこう世界規模で有名になったらしいけど、おどろおどろしい脚色をされたみたいで、怪奇小説として出回ってるそうなんです。とても有名になった小説らしいから、きっと名作なんだろうとは思うけど、僕は憤慨するなぁ。だって、どっちかというと、英雄譚《たん》じゃないですか？　「お手柄！　主人と一緒に壁に生き埋めにされた猫、鳴き声で発見され、主人の無念晴らす」とか「奇跡の生還！　まる三日間、壁に生き埋めにされた猫、救出！　きっかけは鳴き声」っていう、華々しい見出しが似合うと思うんです、個人的には。まあ作者は、してはいけないと言われた邪悪な行為こそ、人間してみたくなると考えているらしいから、ひねくれていますね。気持ちは分かる、いけないと思いつつもしでかすと、ハイになる。でも実際に生き埋めにされてみなよ、きっと人生観が変わるよ。固まりかけの壁から抜け出たとき、僕はこれから何度生まれ変わることができても、生きてる間は命を楽しもうと思ったもの。

　でもまあ、こんな文句が言えるのも、命あってのもの。すべて許しましょう。ただ僕のこのお話は、何度でも子どもや他の猫に話していこうと思っています。もしまた猫として生まれ変われるなら、来世でもその次の来世でも、何度でも自慢するつもりです。

　だって僕、すごいでしょ？

幕間

川上弘美

家から駅までゆく道に雑貨屋さんがあって『100万回生きたねこ』のトラネコに似せた猫の描いてあるバッグを売っているのです。贋くさくて、とても許せたものじゃない。ところが、何年もそのバッグを見ているうちに、だんだん「まあ、許すか」という気持ちになっているではありませんか。ほんもののとらねこに知られたら、ものすごく軽蔑されること必至です……。

川上弘美（かわかみ・ひろみ）

一九五八年東京都生まれ。九六年「蛇を踏む」で芥川賞、九九年『神様』で紫式部文学賞とドゥ マゴ文学賞、二〇〇〇年『溺レる』で伊藤整文学賞と女流文学賞、〇一年『センセイの鞄』で谷崎潤一郎賞、〇七年『真鶴』で芸術選奨、一五年『水声』で読売文学賞を受賞。ほかに『龍宮』『光ってみえるもの、あれは』『ニシノユキヒコの恋と冒険』『風花』『七夜物語』『大きな鳥にさらわれないよう』など著書多数。

目覚めると、船の上にいた。

すぐ目の前には大きな樽《たる》がいくつも並べられ、ワニスの匂いがぷんと鼻をついた。樽の隙間ごしに、忙しく行き交う船乗りたちの足が見える。階段を下った船倉からは、煮炊きの匂いがただよってくる。

「ああ、目を覚ましたよ」

という声が、すぐ耳もとで聞こえた。男の子の声だった。すぐそばには、父親らしき男もいる。こちらは、ふさふさとした髭《ひげ》をはやし、大きな剣を背負っていた。

「ねえ父さん、これ、猫だよね」

男の子は言った。

「ああ、ただのトラ縞のつまらん猫だな」

父親の関心なさそうな口ぶりに、少しだけむっとした。

新しく生まれたとしても、いつも前世の記憶がある。

今までに、百万回近く死んできた。そして、百万回近く、生まれた。死ぬ瞬間の、あのなんともいえない、いやあな感じにも、ずいぶん慣れた。ふたたび生まれる瞬間の、あの苦しさにも。

生まれるのと死ぬのとの、どちらがましかといえば、まあ、ちょぼちょぼといったところだろうか。

今度の生は、どんな生なのだろう。

何回生まれかわっても、好奇心はなくならない。それが取り柄でもある。

「猫、連れていきたいよ」

男の子が言っている。けれど父親は首をふった。

「家に帰っても、すぐにまた旅に出る。猫など飼っている余裕はない」

男の子は、ため息をついた。

小さな船着場に着くと、父親はためらわず先に立って船を降りた。男の子は、きょろきょろしている。何を見ても、生まれてはじめてのことのように、いちいちさわってみたり、ひっくり返してみたり、中を覗いたりしてみている。

（まだ幼いんだな）

もちろん自分だって、生まれたばかりの子猫だ。けれど積み重なる前世の記憶が、この頭の中にはぎっしりとつまっている。

（そのうちに、好奇心も薄れるさ。おまえの父親のようにな）

男の子の父親は、男の子とは対照的に、何を見ても顔の筋ひとつ動かさなかった。これから起こる何もかもを、まるでもう知ってしまっているかのような、諦念《ていねん》めいたものを父親はまとっていた。人間の中には、そういう者もたまにいるけれど、ここまで徹底しているのは珍しい。

桟橋に置いてあった樽の中から、男の子は何かを見つけたようだ。

「草っきれだよ、父さん！」

男の子は叫んだ。父親は何も言わずに、かついでいる袋に、男の子の拾った草をしまいこんだ。


それにしても、落ち着きのない子どもだった。

船着場からすぐの村にある家に着くと、こっそり上着の中に隠してきたおれを床におろすなり、家じゅうのタンスや樽を調べてまわる。入っているものはもれなく取り出し、父親の持っていた袋にしまいこむ。誰かがいればぺちゃくちゃと話しかけ、相手が飽きて生返事《なまへんじ》をしはじめるまで放さない。

自分の家ばかりでなく、よその家のタンスや戸棚までかぎまわり、男の子はちゃっかり中身をくすねていった。それも、草っきれくらいのものならまだしも、皮の帽子や鍋の蓋なんてものまでどんどん取ってきてしまうのだ。

(そんなことしちゃ、だめだ)

必死ににゃあにゃあ鳴いて止めたけれど、男の子は聞く耳をもたなかった。くすねた皮の帽子をかぶり、そのへんで拾った棒を刀のように腰にさげ、男の子はいっぱしの大人になったような顔で、得々《とくとく》と村じゅうを歩きまわった。

猫の生は、人間のそれよりもずっと短い。

今までいつも、飼い主より先に死んできた。いい飼い主も、だめな飼い主も、そのたびにさめざめと泣いた。そんなに泣くのなら、猫など飼わなければいいのにと、いつも思っていた。

男の子は、村の奥にある洞窟へと忍びこんだ。村じゅうのタンスや樽をあさりつくし、村じゅうの人間にうるさくつきまとい、それにも飽きてしまったのだ。

危険だから、洞窟には行かないように。男の子は父親に言われていた。けれど、男の子というものは、そんな言いつけを守るようにはできていない。

自信たっぷりに、男の子は洞窟の奥へと進んだ。

緑色の、とげとげしたものが、突然あらわれた。

「あっ、モンスター」

男の子は叫んだ。

緑色のとげとげモンスターは、激しい攻撃をしかけてきた。

男の子はあっけなく倒れ、そして死んだ。

呆然とした。飼い主が自分より早く死ぬなんて、初めてのことだった。


気がつくと、真っ暗だった。

男の子が死んでから、光というものがいっさい差さなくなっていた。この場所は、よく知っている。死んだ後に行く場所にそっくりだ。

(すると、男の子と一緒に、モンスターにやられて死んだのか)

そう思ったけれど、不思議なことに、まだ体の感覚があった。

闇の中で、自分の毛を前あしでさわってみた。肉球を爪でこすった。ひげをふるわせた。やっぱりまだ体は、あった。ならば、自分は死んではいないのだろうか。じっと考えていると、突然、光が差した。

「ちくしょう」

男の子の声が聞こえた。目を開けると、そこは教会だった。男の子の傷はすっかり癒《い》え、ほこりまみれだった服も、いくぶんかきれいになっていた。

「ちぇっ、しょうがない、今日のところはあきらめて家に帰るか」

男の子は、かろやかに走りだした。

それから、幾度男の子は死んだことだろう。

この世界には、あまたのモンスターがおり、力も足りないくせにむきになって挑みかかってゆく男の子は、懲《こ》りずに死に、飽きずに生き返るのだった。

（こうやって何回も死んでは生き返るところは、自分にそっくりだ。こんな人間、はじめてだぞ）

そう思ったけれど、自分と違うのは、男の子が死ぬ前と変化しないところだった。

大人の猫として死んだのち、新しく生まれかわった時には、自分はまっさらの子猫としてこの世にあらわれる。けれど男の子は、死んだその時の姿のまま、よみがえる

みがえる。

のだ。六歳で死んだら、次も六歳でよみがえる。十七歳で死んだら、十七歳としてよ

同じように、男の子が死ぬと、世界はいったん消滅する。けれど、男の子が生き返ると、世界も消滅した時点からふたたび時を刻みはじめるのだ。

（それなら、おれもその時、一緒に死んでいるのだろうか）

いや、違う。おれは死んでいない。その証拠に、死ぬ時と生まれる時にやってくる苦しさは、まったく感じられなかった。おれはただ、男の子がよみがえるまで、光のない場所に閉じこめられているだけだった。

男の子の冒険は、長く続いた。

父親を戦闘で失い、奴隷として捕らえられ、逃亡し、ふたたび戦いながら放浪を続け、人間やモンスターの仲間を得、妻をめとり、子どもが二人生まれた。

人間のことは、よくわからない。何回生まれかわっても、思う。

どの人間も、変化してゆく。しなやかだったものが、硬くこわばってゆく。あきらめていたものが、突然息を吹き返したように抗《あらが》いだす。気持ちは移り、心はとどまらない。きれいはきたない。きたないはきれい。かつて飼い主だった戯作者《げさくしゃ》の男が、戯

曲の中に書いていた。人間にしてはうまいことを言うものだと、少しばかり感心した。

不思議なことに、男の子は変化しなかった。人間なのに。

大人になっても、ちっとも好奇心がなくならない。相変わらず人の家のタンスを勝手に開けては、中のものをくすねる。男の子の愛嬌《あいきょう》のためか、あるいは近隣のモンスターを退治してくれるためか、文句を言う者はいない。

その昔は刀もどきの棒をさげて喜んでいたのが、今では重くてギラギラした武器をたずさえているし、鎧《よろい》だって盾《たて》だって兜《かぶと》だって、最高級のものになっている。それどころか、男の子はいつの間にかどこかの国の王にまでのぼりつめていた。

「なあ、毎日戦っていて、面白いのか」

おれはある日、男の子の頭に直接語りかけてみた。人間におれの言葉を伝える、ということの能力を使うことは、今までほとんどなかったけれど、なんとなく、聞いてみたくなったのだ。人間のことを知りたいと思うなんて、珍しいことだった。

男の子は、顔をくもらせた。こんな表情は、はじめて見る。あっ、こいつも何かを考えてるんだ、と思った。

「バグだよね、これ」

という声が遠くから聞こえてきたのは、いつのことだったろう。バグ、という言葉の意味は、知っている。いつかの前世で、英語を使う女に飼われたことがあったので。

（おれは虫じゃなくて、猫だ）

そう反論したかったけれど、声がどこからくるのかわからなかったので、できなかった。声はのんびりと続けた。

「ポテトチップスさわった手で、コントローラー持たないでよー」

男の子の動きが、突然速くなった。一緒に旅を続けている男の子の妻は、巨大な地獄を空中に出現させ、モンスターにめざましい一撃を加えた。いつにない、積極的な行動だったので、男の子も、そしてその妻自身も、驚いている。

「派手な魔法が好きなんだね」

「せっかくＭＰ持ってるんだから、使わなきゃつまらないだろう」

「あたしは魔法って、なんかもったいなくて、あんまり使わないんだ」

「使わない方が、もったいないよ」

「ねえ、このバグ、主人公の隣にいつもあって、あのさ、猫みたいに見えない？」

男の子のものでもない、その妻や子どものものでもない、遠くからくる二つの声は、そんな、よく意味のわからないことを言い合っている。けれど、猫、という言葉がようやく出たので、おれは少し安心した。そのとおり、虫ではなく、おれはれっきとした猫である。

「猫、飼いたいね。いつか動物の飼えるマンションに住みたいな」

「いや、犬がいいよ」

「うん、犬もいい」

「あっ、ボス出た」

男の子が、また死んだ、世界はふたたび暗闇に包まれ、時間が止まった。

なあ、と男の子は言った。私は、どうして生まれてきたんだろう。

まあ、あなた、そんなことは考えなくていいんじゃないの。男の子の妻は顔をくもらせる。

私は、この先どうなるんだろう。

ずっと戦い続けてゆくのよ。

戦い続けて、その先はどうなるんだ。

もっと強い敵が出てくるんじゃない。

かなわないくらい強い敵が出てきたら、私は今度こそほんとうに死ねるのかな。

ほんとうに死ぬって、どういう意味？

もう生き返らないっていうことだよ。

あら、そんなことあるわけないじゃない。あたしもあなたも、永遠に生きるのよ。

男の子とその妻がかわすそんな会話に、おれはそこはかとない不安を感じる。もしこの世界の人間たちが永遠に生きるとしたら、自分はどうなるのだろう。死ななければ、次の世に生まれかわることはできない。


男の子の城は、さして広くないけれど、居心地がいい。城内の、小さなバーカウンターのある部屋で、男の子はいつからか、おれにだけ自分の心の内を打ち明けるようになっていた。

「国王にもなったし、かわいい息子と娘も生まれたし、妻にもじゅうぶん満足しているのに、なぜ私はいつも何かをどこかに置いてきたような心もちがするんだろう」

男の子は、つぶやく。

「もう、百万回も生きては死んだような気がする」

それは違うな、とおれは内心で思ったが、黙っていた。まだ百万回は死んでないよ、おまえは。せいぜい五十回くらいが関の山だ。

「生きている意味がみつけられない。もう戦いは楽しくないんだ。でも、私には戦う能力しかない」

それでいいじゃないか、とおれは思う。

「私は、ほんとうは店をやりたかったんだ。薬草とかうさぎのしっぽとか売ってる村の雑貨屋なんて、いいじゃないか」

おれは男の子を見上げた。うっとりした顔をしている。

「あるいは、劇場のオーナーなんていうのも、面白いな。各地の劇団やとびきりのコメディアンを呼んできて、景気のいい興行をうつ。で、ゆくゆくは芸人を育てる機関なんか作って、この国のレビューの世界を牛耳《ぎゅうじ》るんだ」

男の子の顔が輝いていた。あっ、これこそが人間の顔のつくる表情なんだった、と思いだした。おれが死んだ時に、さめざめと泣いた人間たちがしてきたのと、同質の表情。喜びに、悲しみ。怒りに、哀しみ。人間っていうのは、欲張りなものだと、おれは思う。ただ生きているだけでは、足りないのだ。生きることを楽しみ、生きることを嘆き、生きることを疑う。

「おまえは、いいな。猫であるっていうだけで満足していられて」

おれは、にゃあと鳴いた。男の子が不憫だった。せっかくおれと同じように、何回も生まれかわることができるのに、余計なことを考えはじめてしまって。

「酒は、うまいな。国王になってよかったのは、うまい酒を惜しみなく飲めるってことだけかもしれないよ」

男の子は言い、いつくしむように、ワインをグラスに注いだ。


男の子は、秘密をもった。それは、妻にも息子にも娘にも第一の家臣にも、そしてむろん国民たちにも言えない秘密だった。

男の子は、自分の国と隣の国の境にある山の中に、みすぼらしい小屋を建て、そこで一人の子どもを育てはじめたのだ。たびかさなる戦いに、国はいつも乱れていた。子どもは、戦災孤児だった。戦いの合間に、男の子はたびたび小屋に戻り（男の子はテレポートできるのだ）、子どもをいつくしんだ。慣れない手つきで服を着替えさせ、子守歌をうたって寝かしつけた。食事をさせ、言葉を教え、一緒に遊んだ。子どもは男の子になついた。戦いの時も、妻子といる時も、一度も見せたことのないさまざまな表情を、男の子は子どもにみせた。

子どもは育っていった。五つになり、十になり、やがて自分の境遇を疑うようになった。なぜここにはほかの人がいないの、と。男の子は子どもをいさめた。国はほろびてしまって、もう私とおまえとこの猫のほかには、生きものはすべて死に絶えたんだよ。

なぜ男の子がそんな嘘を子どもに言うのか、おれには少し理解できる。疑いながらも、子どもはすくすく育っていった。けれどやがて、子どもが男の子を捨てて出てゆく日がやってくる。

ここはとても、居心地がいいけれど、どうしても外の世界が見てみたいのです。そう書き残して、子どもは去った。男の子の姿を、おれは正視することができなかった。

百万回近く死んできたけれど、おれが死んだどの時の飼い主よりも、男の子は絶望していた。

そしてその時は、突然にやってきた。

「あっ、バグ、消えかかってる」

という声がした。久しぶりに聞く、遠くからの声だった。おれにはすぐにわかった。じきにおれは死ぬのだと。

「おまえも、行ってしまうんだね」

男の子にも、おれの死が近いことがわかったのだ。男の子は、ほんの少しだけほほえんだ。みんな、行ってしまうよ。でも私は、ここに残るんだ。しかたないね。

おれは、あせった。この世界には倦《う》んでいたけれど、男の子を一人残して死ぬのは、心残りだった。

(死ぬ前に、こんな気持ちになったのは、初めてのことだ)

おれは思い、にゃあ、と鳴いた。弱々しい声しか出なかったけれど。

「いいんだ、もう行ってくれ。私なら、大丈夫。妻と子を大切にして、ずっとがんばるさ」

男の子はおれの頭をなでた。すでにおれは半分消えかかっていた。またにゃあと鳴こうとしたけれど、ほとんど声は出なかった。死にたくない。一瞬、強く思った。そして、もし次にまた生まれかわるとしたら、男の子が子どもをいつくしんだように、自分も誰かをいつくしんでみたいものだ、とも。

おれはまだ知らないけれど、次に生まれかわる時には、おれはもう、誰にも飼われることはないのだ。そして、おれの願いどおり、おれはいつくしむものを手に入れることとなる。けれどそれはまた、別の物語だ。

「さよなら」

男の子は優しく言った。そしておれは、死んだ。

博士とねこ

広瀬 弦

毎朝、弟は体を舐め縞模様を整えて、顔を洗いきれいな緑の目を見開いて、ヒゲをピンと伸ばしながら仕事へ出掛けて行く。僕は寝起きの髪の毛をポリポリ掻きながら、目ヤニのついた半開きの目で、無精ヒゲを生やしたまま、玄関で見送ってからまた布団に潜り込む。今度、ホントに母親が同じなのか調べてみようと思う。

広瀬弦（ひろせ・げん）

一九六八年東京都生まれ。絵本・さし絵などで個性豊かな作品を発表している。九一年「かばのなんでもや」シリーズ（作・佐野洋子）で産経児童出版文化賞推薦、二〇〇一年『空へつづく神話』（作・富安陽子）で産経児童出版文化賞受賞。佐野洋子との共著に『かってなくま』『女一匹』『あっちの豚 こっちの豚』など。ほかの作品に『まり』（文・谷川俊太郎）『西遊記』シリーズ（作・斉藤洋）など多数。

あるとき、ねこは博士のねこでした。
博士は科学者でした。

博士は毎日研究室に閉じこもって、ねこ以外は誰も入れませんでした。
近所のひとたちは博士のことをとても変わった人だと思いました。
博士は実験がうまくいくと、「おまえのおかげだよ」とねこにいい、失敗すると、
「なぐさめておくれ」といって毎日ねこを撫でました。
そして夜になると、ねこと一緒にベッドに入り眠りました。

ある日、博士が外を眺めていると、ねこが足を引きずりながらひょこひょこ歩いて

帰ってきました。

よく見ると車に轢《ひ》かれたようで右の後ろ足がぐちゃぐちゃになっていました。

びっくりした博士は、大急ぎでねこの後ろ足を作ってねこにつけました。

そのうちねこは歩けるようになり、しばらくすると高い塀の上にも飛びあがって小鳥をとるようになりました。

「おお、よかった、よかった」

博士はとっても喜びました。

博士は、ついでに近所に住んでいる片足のないおじさんに足を作ってあげて、とても喜ばれました。そして、近所の人たちと仲良くなりました。

博士は嬉しくて、ねこに「おまえのおかげだよ」といって、仲良くなった近所の魚屋で新鮮な魚をたくさん買ってきてねこに食べさせ、いつもよりたくさん撫でました。

それから、ねこが毛糸の横でぐったりしていたことがありました。博士はねこの内臓の写真を撮りました。

写真を見ると、腎臓が小さくなっているようでした。

「おおかわいそうに。これじゃ元気が出ない。新しい腎臓を作ってあげよう」

といって、新しい腎臓を作ってねこに与えました。

しばらくするとねこは、また元気に走り出して毛糸にじゃれるようになりました。

「いつまでも元気でいておくれ」

博士はねこを見ていると自分も元気になりました。

何日かすると、その腎臓の作り方を教えてほしいという人たちがやってきて、名刺とたくさんのお金を置いてゆきました。

博士は喜んで「おまえのおかげだよ」といって、ねこを抱き上げ、頬ずりしました。


またある日は、目の前をネズミが走って行ったのに、ねこがじっとして動かないこともありました。

「どうしたんだい。いつもは追いかけていくのに。またどこか悪いのかい」

調べると目が見えなくなっていたようでしたので、博士は新しい目を作って入れてやりました。

ひと月も経つとねこはとても遠くにいるネズミも追いかけていくようになりました。

ねこのためにたくさん作った目も、たくさんの人たちのために使われてゆき、たくさんの人たちに感謝されました。

「おまえのおかげだよ」

博士はねこの目を見てにっこり笑いました。

やがて博士は大きな研究室を持つようになり、それから毎日忙しく暮らしました。

そしてねこの手足や内臓がおかしくなるたびに、数え切れないくらい新しいものを作って取り替えてゆきました。

そのたびにねこは元気になって、いつもぴかぴかの新品のようでした。

博士はずっとねこを撫で、「おまえのおかげだよ」といい、ときどき、「なぐさめておくれ」といって過ごし、夜には一緒にベッドで眠りました。

ある日、いつものように博士がねこを撫でていると、ねこは突然動かなくなりました。
博士はなぜねこが動かなくなったのか全く解りませんでした。
博士は何日も何日も泣きながら、動かないねこの悪くなったところを探しました。
頭を外して中をよく見てみたり、手足にオイルがちゃんと流れているかも調べました。
内臓をいくつも新しいものに取り替え、電気も通してみました。
でも、博士がいくら何をしてもねこが動くことはありませんでした。
ねこは死んでいました。
博士はたくさん泣いて、泣き終ったあと、ねこを机の上に飾りました。

ねこは科学者なんか大嫌いでした。

虎白カップル譚

谷川俊太郎

『100万回生きたねこ』は、佐野洋子の見果てぬ夢であった。それはこれからも、誰もの見果てぬ夢であり続ける。

谷川俊太郎（たにかわ・しゅんたろう）

一九三一年東京生まれ。五二年処女詩集『二十億光年の孤独』を刊行。八三年『日々の地図』で読売文学賞、八五年『よしなしうた』で現代詩花椿賞、九二年『女に』で丸山豊記念現代詩賞、九三年『世間知ラズ』で萩原朔太郎賞、二〇〇五年『シャガールと木の葉』で毎日芸術賞を受賞。主な詩集に『旅』『夜中に台所でぼくはきみに話しかけたかった』『定義』『はだか』『夜のミッキー・マウス』『トロムソコラージュ』『バウムクーヘン』などがある。ほかに絵本、翻訳も多数。

その野良猫は私が生まれるずっと前から、この界隈《かいわい》に居着いていたのだと、認知症を患っていた曾祖母は言っていた。あまり当てにならない話だが、長年外洋航路の船長をやっていた祖父が、一時期船内で飼っていた虎猫とそっくりだと言っていたのは記憶に残っている。

私が物心ついたころには、もうその野良には連れ合いがいた。白い奇麗な猫だったが、野良の虎猫とその白猫は妙にうまが合うらしく、猫には珍しく発情期になってもそわそわもせず、二匹で静かに寄り添っていた。ときどきお揃いで我が家の庭先に現れる。おかげで天井裏の鼠の足音がしなくなったのはいいが、縁の下で次から次へと子猫が生まれるのにはちと迷惑した。

飼い主ではないのだから責任はないのだが、やはり無事に生きていけるのだろうかと気が揉《も》める。だがよくしたもので、子猫たちは早々と自立してどこかへ行ってしまうことが多かった。都会と違ってこのあたりはまだ自然が豊かで、家猫になるよりも野良で生きるほうが自由で面白いと、本能的に知っていたのだろう。

私が成人して職を得て結婚してからも、虎白カップルは生きていた。私の結婚した相手が猫アレルギーだということが分かっていたらしく、遠慮して我が家の庭には寄りつかなくなっていたが、近くの空き地でよく見かけた。驚いたことにまだまわりで子猫がうろちょろしていた。

月日が経つのは早いもので、うかうかしているうちに私もいつかとっくに還暦を過ぎていた。細君もすっかり婆さんになったが、いまだに達者にしているのは、不信心者にもどこかの神仏のご加護でもあるのかと考えるしかない。

面妖《めんよう》なのは私たち夫婦と寿命競争でもしているのか、猫の虎白カップルがいまだに衰えも見せずにのその動き回っている事実である。もしかすると私どもの気づかぬうちに生まれ変わっていたのかもしれないとも疑うが、もしそうなら相手が同じというのが解《げ》せない。生まれ変わったのなら、虎白カップルでなく白白ペアや黒黒コンビになっても良さそうなものだと思うのだ。

うちの婆さんが私より先に、百歳で死んだときは気落ちした。婆さんがいなくなってせいせいした、と言いたいところだが、八十年近く一緒にいたのだから、やはり寂しい。葬式をすませてふと、虎白カップルはどうしているだろうかと思っていたら、ひょっこり虎が姿を見せた。白と一緒ではなくひとりだ。

しみじみ顔を見た。長いつきあいだ。よく見るとこれまで見たことのない悲しげな顔つきをしている。ははあ、こいつも連れ合いを亡くしたんだなと、ぴんときた。と、ここまではこの世で書いたのだが、これから先はあの世で書く。

と言うのは、間もなく虎と私も死んだからだ、それも同じ日に。あの世でも（生者のあの世は、死者にとってはこの世だが、それはさておき）虎は付かず離れず私の近くにいる。前世と違うのは虎にも私にも連れ合いがいないことだ。白もうちの婆さんも、死んでここではない極楽にでも行ったのだろう。

だが虎も私もここを離れて、連れ合いに会いに行く気はない。久しぶりに独り身になったら、虎にも私にも若い頃の精気が戻ってきたようだ。１００万回は無理でも、あと何回か生き返っても悪くないような気がしている。

【初出一覧】

生きる気まんまんだった女の子の話　江國香織　「小説現代」2014年10月号

竹　岩瀬成子　「小説現代」2014年10月号

インタビューあんたねこ　くどうなおこ　「小説現代」2014年10月号

ある古本屋の妻の話　井上荒野　「小説現代」2014年10月号

おかあさんのところにやってきた猫　角田光代　「小説現代」2014年11月号

百万円もらった男　町田康　「小説現代」2014年11月号

三月十三日の夜　今江祥智　「小説現代」2014年11月号

あにいもうと　唯野未歩子　「小説現代」2014年11月号

100万回殺したいハニー、スウィート ダーリン　山田詠美　「小説現代」2014年12月号

黒ねこ　綿矢りさ　「小説現代」2014年12月号

幕 間　川上弘美　「小説現代」2014年12月号

博士とねこ　広瀬弦　書き下ろし

虎白カップル譚　谷川俊太郎　「小説現代」2014年12月号

100万分《まんぶん》の1回《かい》のねこ

江國香織《えくにかおり》｜岩瀬成子《いわせじょうこ》｜くどうなおこ｜井上荒野《いのうえあれの》｜角田光代《かくたみつよ》
町田《まちだ》 康《こう》｜今江祥智《いまえよしとも》｜唯野未歩子《ただのみあこ》｜山田詠美《やまだえいみ》｜綿矢《わたや》りさ
川上弘美《かわかみひろみ》｜広瀬《ひろせ》 弦《げん》｜谷川俊太郎《たにかわしゅんたろう》

講談社文庫
定価はカバーに
表示してあります

2018年12月14日第1刷発行
2020年 1 月29日第8刷発行

発行者——渡瀬昌彦
発行所——株式会社 講談社
東京都文京区音羽2-12-21 〒112-8001
電話 出版 (03) 5395-3510
販売 (03) 5395-5817
業務 (03) 5395-3615
Printed in Japan

デザイン—菊地信義
本文データ制作—講談社デジタル製作
印刷———株式会社精興社
製本———株式会社国宝社

ISBN978-4-06-513998-1

講談社文庫刊行の辞

二十一世紀の到来を目睫に望みながら、われわれはいま、人類史上かつて例を見ない巨大な転換期をむかえようとしている。

世界も、日本も、激動の予兆に対する期待とおののきを内に蔵して、未知の時代に歩み入ろうとしている。このときにあたり、創業の人野間清治の「ナショナル・エデュケイター」への志を現代に甦らせようと意図して、われわれはここに古今の文芸作品はいうまでもなく、ひろく人文・社会・自然の諸科学から東西の名著を網羅する、新しい綜合文庫の発刊を決意した。

激動の転換期はまた断絶の時代である。われわれは戦後二十五年間の出版文化のありかたへの深い反省をこめて、この断絶の時代にあえて人間的な持続を求めようとする。いたずらに浮薄な商業主義のあだ花を追い求めることなく、長期にわたって良書に生命をあたえようとつとめるところにしか、今後の出版文化の真の繁栄はあり得ないと信じるからである。

同時にわれわれはこの綜合文庫の刊行を通じて、人文・社会・自然の諸科学が、結局人間の学にほかならないことを立証しようと願っている。かつて知識とは、「汝自身を知る」ことにつきていた。現代社会の瑣末な情報の氾濫のなかから、力強い知識の源泉を掘り起し、技術文明のただなかに、生きた人間の姿を復活させること。それこそわれわれの切なる希求である。

われわれは権威に盲従せず、俗流に媚びることなく、渾然一体となって日本の「草の根」をかたちづくる若く新しい世代の人々に、心をこめてこの新しい綜合文庫をおくり届けたい。それは知識の泉であるとともに感受性のふるさとであり、もっとも有機的に組織され、社会に開かれた万人のための大学をめざしている。大方の支援と協力を衷心より切望してやまない。

一九七一年七月

野間省一

講談社文庫 目録

上田秀人 忖《そん》度《たく》〈百万石の留守居役(十)〉
上田秀人 騒動〈百万石の留守居役(十一)〉
上田秀人 分断〈百万石の留守居役(十二)〉
上田秀人 舌戦〈百万石の留守居役(十三)〉
上田秀人 梟《ふくろう》の系譜〈宇喜多四代〉
上田秀人 竜は動かず 奥羽越列藩同盟顛末 (上)万里波濤編 (下)帰郷奔走編
内田樹 下流志向〈学ばない子どもたち 働かない若者たち〉
内田樹 釈徹宗 現代霊性論
上橋菜穂子 獣の奏者〈I闘蛇編〉
上橋菜穂子 獣の奏者〈II王獣編〉
上橋菜穂子 獣の奏者〈III探求編〉
上橋菜穂子 獣の奏者〈IV完結編〉
上橋菜穂子 獣の奏者〈外伝 刹那〉
上橋菜穂子 物語ること、生きること
上橋菜穂子 明日は、いずこの空の下
上橋菜穂子原作 武本糸会漫画 コミック 獣の奏者 I
上橋菜穂子原作 武本糸会漫画 コミック 獣の奏者 II
上橋菜穂子原作 武本糸会漫画 コミック 獣の奏者 III
上橋菜穂子原作 武本糸会漫画 コミック 獣の奏者 IV

上田紀行 ダライ・ラマとの対話
上田紀行 スリランカの悪魔祓い
嬉野君 妖怪極楽
嬉野君 黒猫邸の晩餐会
上野誠 天平グレート・ジャーニー〈遣唐使・平群広成の数奇な冒険〉
うかみ綾乃 永遠に、私を閉じこめて
植西聰《あきら》 がんばらない生き方
海猫沢めろん 愛についての感じ
遠藤周作 ぐうたら人間学
遠藤周作 聖書のなかの女性たち
遠藤周作 さらば、夏の光よ
遠藤周作 最後の殉教者
遠藤周作 反逆 (上)(下)
遠藤周作 ひとりを愛し続ける本
遠藤周作 深い河《ディープ・リバー》
遠藤周作 周作塾〈読んでもタメにならないエッセイ〉
遠藤周作 新装版 海と毒薬
遠藤周作 新装版 わたしが・棄てた・女
江波戸哲夫 新装版 銀行支店長

江波戸哲夫 集団左遷
江波戸哲夫 新装版 ジャパン・プライド
江波戸哲夫 起業の星
江波戸哲夫 ビジネスウォーズ〈カリスマと戦犯〉
江上剛 頭取無惨
江上剛 不当買収
江上剛 小説 金融庁
江上剛 絆
江上剛 再起
江上剛 企業戦士
江上剛 リベンジ・ホテル
江上剛 起死回生
江上剛 瓦礫の中のレストラン
江上剛 非情銀行
江上剛 東京タワーが見えますか。
江上剛 慟哭の家
江上剛 家電の神様
江上剛 ラストチャンス 再生請負人
江國香織 真昼なのに昏《くら》い部屋

大沢在昌　亡命者〈ザ・ジョーカー〉
大沢在昌　夢の島
大沢在昌　新装版 氷の森
大沢在昌　暗黒旅人
大沢在昌　新装版 走らなあかん、夜明けまで
大沢在昌　新装版 涙はふくな、凍るまで
大沢在昌　語りつづけろ、届くまで
大沢在昌　罪深き海辺(上)(下)
大沢在昌　やぶへび
大沢在昌　海と月の迷路(上)(下)
大沢在昌 C・ドイル原作　バスカビル家の犬
逢坂剛　コルドバの女豹
逢坂剛　十字路に立つ女
逢坂剛　重《じゅう》蔵《ぞう》始《し》末《まつ》
逢坂剛　じぶくり伝兵衛〈重蔵始末(二)〉
逢坂剛　猿曳遁兵衛〈重蔵始末(三)〉
逢坂剛　嫁盗み〈重蔵始末(四)長崎篇〉
逢坂剛　陰の声〈重蔵始末(五)長崎篇〉
逢坂剛　北門の狼〈重蔵始末(六)蝦夷篇〉

逢坂剛　逆浪《げきろう》果つるところ〈重蔵始末(七)蝦夷篇〉
逢坂剛　新装版 カディスの赤い星(上)(下)
逢坂剛　暗い国境線(上)(下)
逢坂剛　さらばスペインの日日(上)(下)
オノ・ヨーコ 飯村隆彦編　ただの私《あたし》
オノ・ヨーコ 南風椎訳　グレープフルーツ・ジュース
折原一　倒錯のロンド
折原一　倒錯の死角〈201号室の女〉
折原一　倒錯の帰結
折原一　帝王、死すべし
小川洋子　密やかな結晶
小川洋子　ブラフマンの埋葬
小川洋子　最果てアーケード
小川洋子　琥珀のまたたき
乙川優三郎　霧の橋
乙川優三郎　喜知次
乙川優三郎　蔓の端々
乙川優三郎　夜の小紋
恩田陸　三月は深き紅の淵を

恩田陸　麦の海に沈む果実
恩田陸　黒と茶の幻想(上)(下)
恩田陸　黄昏の百合の骨
恩田陸　『恐怖の報酬』日記〈酩酊混乱紀行〉
恩田陸　きのうの世界(上)(下)
奥田英朗　新装版 ウランバーナの森
奥田英朗　最悪
奥田英朗　邪魔(上)(下)
奥田英朗　マドンナ
奥田英朗　ガール
奥田英朗　サウスバウンド
奥田英朗　オリンピックの身代金(上)(下)
奥田英朗　ヴァラエティ
乙武洋匡　五体不満足〈完全版〉
乙武洋匡　だから、僕は学校へ行く！
乙武洋匡　だいじょうぶ3組
大崎善生　聖《さとし》の青春
大崎善生　将棋の子
小川恭一　江戸の旗本事典〈歴史・時代小説ファン必携〉

講談社文庫　目録

奥野修司・徳山大樹　怖い中国食品、不気味なアメリカ食品
奥泉　光　プラトン学園
奥泉　光　シューマンの指
奥泉　光　ビビビ・ビ・バップ
大葉ナナコ　怖くない育児〈出産で変わること、変わらないこと〉
岡田斗司夫　東大オタク学講座
小澤征良　蒼いみち
大村あつし　エブリ リトル シング〈クワガタと少年〉
折原みと　制服のころ、君に恋した。
折原みと　時《とき》の輝き
折原みと　幸福のパズル
面高直子　ヨシアキは戦争で生まれ戦争で死んだ
岡田芳郎　世界一の映画館と日本一のフランス料理店を山形県酒田につくった男はなぜ忘れ去られたのか
大城立裕　小説 琉球処分(上)(下)
大城立裕　対馬丸
太田尚樹　満州裏史〈甘粕正彦と岸信介が背負ったもの〉
大泉康雄　あさま山荘銃撃戦の深層(上)(下)
大山淳子　猫弁〈天才百瀬とやっかいな依頼人たち〉
大山淳子　猫弁と透明人間

大山淳子　猫弁と指輪物語
大山淳子　猫弁と少女探偵
大山淳子　猫弁と魔女裁判
大山淳子　雪猫
大山淳子　イーヨくんの結婚生活
大山淳子　光二郎分解日記〈相棒は浪人生〉
大倉崇裕　小鳥を愛した容疑者
大倉崇裕　蜂に魅《ひ》かれた容疑者〈警視庁いきもの係〉
大倉崇裕　ペンギンを愛した容疑者〈警視庁いきもの係〉
大倉崇裕　クジャクを愛した容疑者〈警視庁いきもの係〉
大鹿靖明　メルトダウン〈ドキュメント福島第一原発事故〉
大野更紗・開沼　博　1984フクシマに生まれて
荻原　浩　砂の王国(上)(下)
荻原　浩　家族写真
小野展克　JAL 虚構の再生
小野正嗣　獅子渡り鼻
小野正嗣　九年前の祈り
大友信彦　釜石の夢〈被災地でワールドカップを〉
大友信彦　オールブラックスが強い理由〈世界最強チーム勝利のメソッド〉

乙　一　銃とチョコレート
織守《おりがみ》きょうや　霊感検定
織守きょうや　霊感検定〈心霊アイドルの憂鬱〉
織守きょうや　霊感検定〈春にして君を離れ〉
織守きょうや　少女は鳥籠《とりかご》で眠らない
尾木直樹　尾木ママの「思春期の子どもと向き合う」すごいコツ
岡本哲志《さとし》　銀座を歩く〈四百年の歴史体験〉
クァク・ジェヨン原案・鬼塚　忠著　風の色
おーなり由子　きれいな色とことば
岡崎琢磨　病弱探偵〈謎は彼女の特効薬〉
小野寺史宜《ふみのり》　その愛の程度
海音寺潮五郎　新装版 江戸城大奥列伝
海音寺潮五郎　新装版 孫子(上)(下)
海音寺潮五郎　新装版 赤穂義士
海音寺潮五郎　列藩騒動録(上)(下)〈レジェンド歴史時代小説〉
加賀乙彦　新装版 高山右近
加賀乙彦　ザビエルとその弟子
柏葉幸子　ミラクル・ファミリー
勝目　梓　小説家

講談社文庫 目録

勝目 梓　死《しに》支《じ》度《たく》
勝目 梓　ある殺人者の回想
鎌田 慧　残夢〈大逆事件を生き抜いた坂本清馬の生涯〉
桂 米朝　米朝ばなし〈上方落語地図〉
笠井 潔　梟《ふくろう》の巨《おおい》なる黄昏《たそがれ》
笠井 潔　青銅の悲劇(上)(下)〈瀕死の王〉
川田弥一郎　白く長い廊下
神崎京介　女薫の旅 激情たぎる
神崎京介　女薫の旅 奔流あふれ
神崎京介　女薫の旅 陶酔めぐる
神崎京介　女薫の旅 衝動はぜて
神崎京介　女薫の旅 放心とろり
神崎京介　女薫の旅 感涙はてる
神崎京介　女薫の旅 耽溺《たんでき》まみれ
神崎京介　女薫の旅 誘惑おって
神崎京介　女薫の旅 秘に触れ
神崎京介　女薫の旅 禁の園へ
神崎京介　女薫の旅 欲の極み
神崎京介　女薫の旅 青い乱れ

神崎京介　女薫の旅 奥に裏に
神崎京介　女薫の旅 大人篇
神崎京介　女薫の旅 背徳の純心
神崎京介　I LOVE
神崎京介　美人と張形〈四つ目屋繁盛記〉
加納朋子　ガラスの麒麟
加納朋子　ぐるぐる猿と歌う鳥
かなざわいっせい　ファイト！〈麗しの名馬、愛しの馬券〉
鴨志田 穣　遺稿集
角岡伸彦　被差別部落の青春
角田光代　まどろむ夜のUFO
角田光代　夜かかる虹
角田光代　恋するように旅をして
角田光代　エコノミカル・パレス
角田光代　ちいさな幸福〈All Small Things〉
角田光代　あしたはアルプスを歩こう
角田光代　庭の桜、隣の犬
角田光代　人生ベストテン
角田光代　ロック母

角田光代　彼女のこんだて帖
角田光代　ひそやかな花園
角田光代他　私らしくあの場所へ
川端裕人　せちやん〈星を聴く人〉
川端裕人　星と半月の海
片川優子　ジョナさん
片川優子　明日の朝、観覧車で
片川優子　ただいまラボ
神山裕右　カタコンベ
神山裕右　炎の放浪者
加賀まりこ　純情ババアになりました。
門田隆将　甲子園への遺言〈伝説の打撃コーチ高畠導宏の生涯〉
門田隆将　甲子園の奇跡〈斎藤佑樹と早実百年物語〉
門田隆将　神宮の奇跡
柏木圭一郎　京都大原 名旅館の殺人
鏑木 蓮　東京ダモイ
鏑木 蓮　屈折光
鏑木 蓮　時限
鏑木 蓮　真友

講談社文庫　目録

風野真知雄　隠密 味見方同心(九)〈殿さま漬け〉
風野真知雄　昭和探偵1
風野真知雄　昭和探偵2
風野真知雄　昭和探偵3
風野真知雄　昭和探偵4
カレー沢 薫　負ける技術
カレー沢 薫　もっと負ける技術〈カレー沢薫の日常と退廃〉
カレー沢 薫　非リア王
下野《かばた》康史　ポルシェより、フェラーリより、ロードバイクが好き〈熱狂と悦楽の自転車ライフ〉
野崎雅人　佐々原史緒　戦国BASARA3〈真田幸村の章／猿飛佐助の章〉
矢野 隆　映島 巡　戦国BASARA3〈伊達政宗の章／片倉小十郎の章〉
タタツシンイチ　鏡 征爾　戦国BASARA3〈長曾我部元親の章／毛利元就の章〉
タタツシンイチ　梶よう子　戦国BASARA3〈徳川家康の章／石田三成の章〉
風森章羽《しょう》　渦巻く回廊の鎮魂曲《レクイエム》〈霊媒探偵アーネスト〉
風森章羽　清らかな煉獄〈霊媒探偵アーネスト〉
加藤千恵　こぼれ落ちて季節は
神田 茜　しょっぱい夕陽
神林長平　だれの息子でもない
神楽坂 淳　うちの旦那が甘ちゃんで
神楽坂 淳　うちの旦那が甘ちゃんで2
神楽坂 淳　うちの旦那が甘ちゃんで3
神楽坂 淳　うちの旦那が甘ちゃんで4
神楽坂 淳　うちの旦那が甘ちゃんで5
加藤元浩　捕まえたもん勝ち！〈七夕菊乃の捜査報告書〉
梶永正史　銃の啼《な》き声〈潔癖刑事・田島慎吾〉
金田一春彦　安西愛子 編　日本の唱歌 全三冊
岸本英夫　死を見つめる心〈ガンとたたかった十年間〉
北方謙三　君に訣別の時を
北方謙三　われらが時の輝き
北方謙三　夜の終り
北方謙三　帰路
北方謙三　錆びた浮標《ブイ》
北方謙三　汚名の広場
北方謙三　夜の眼
北方謙三　試みの地平線〈伝説復活編〉
北方謙三　煤煙
北方謙三　旅のいろ
北方謙三　新装版 活路 (上)(下)
北方謙三　新装版 余燼 (上)(下)
北方謙三　抱影
菊地秀行　魔界医師メフィスト〈怪屋敷〉
菊地秀行　吸血鬼ドラキュラ
北原亞以子　深川澪通り木戸番小屋
北原亞以子　新地橋〈深川澪通り木戸番小屋〉
北原亞以子　夜の明けるまで〈深川澪通り木戸番小屋〉
北原亞以子　澪つくし〈深川澪通り木戸番小屋〉
北原亞以子　たからもの〈深川澪通り木戸番小屋〉
北原亞以子　降りしきる
北原亞以子　贋作《うそばっかり》天保六花撰《えどのはなし》
北原亞以子　花冷え
北原亞以子　歳三からの伝言
北原亞以子　お茶をのみながら
北原亞以子　その夜の雪
北原亞以子　江戸風狂伝
桐野夏生　新装版 顔に降りかかる雨
桐野夏生　新装版 天使に見捨てられた夜
桐野夏生　新装版 ローズガーデン

講談社文庫　目録

桐野夏生　OUT (上)(下)
桐野夏生　ダーク (上)(下)
桐野夏生　猿の見る夢
京極夏彦　文庫版 姑獲鳥《うぶめ》の夏
京極夏彦　文庫版 魍魎《もうりょう》の匣《はこ》
京極夏彦　文庫版 狂骨《きょうこつ》の夢《ゆめ》
京極夏彦　文庫版 鉄鼠《てっそ》の檻《おり》
京極夏彦　文庫版 絡新婦《じょろうぐも》の理《ことわり》
京極夏彦　文庫版 塗仏《ぬりぼとけ》の宴《うたげ》─宴の支度
京極夏彦　文庫版 塗仏の宴─宴の始末
京極夏彦　文庫版 百鬼夜行─陰
京極夏彦　文庫版 百器徒然袋─雨
京極夏彦　文庫版 百器徒然袋─風
京極夏彦　文庫版 今昔続百鬼─雲
京極夏彦　文庫版 陰摩羅鬼《おんもらき》の瑕《きず》
京極夏彦　文庫版 邪魅《じゃみ》の雫
京極夏彦　文庫版 死ねばいいのに
京極夏彦　文庫版 ルー＝ガルー〈忌避すべき狼〉
京極夏彦　文庫版 ルー＝ガルー2〈インクブス×スクブス 相容れぬ夢魔〉

京極夏彦　分冊文庫版 姑獲鳥《うぶめ》の夏 (上)(下)
京極夏彦　分冊文庫版 魍魎《もうりょう》の匣《はこ》 (上)(中)(下)
京極夏彦　分冊文庫版 狂骨《きょうこつ》の夢《ゆめ》 (上)(中)(下)
京極夏彦　分冊文庫版 鉄鼠《てっそ》の檻《おり》 全四巻
京極夏彦　分冊文庫版 絡新婦《じょろうぐも》の理《ことわり》 (一)(二)
京極夏彦　分冊文庫版 絡新婦《じょろうぐも》の理《ことわり》 (三)(四)
京極夏彦　分冊文庫版 塗仏《ぬりぼとけ》の宴《うたげ》 宴の支度《したく》 (上)(中)(下)
京極夏彦　分冊文庫版 塗仏《ぬりぼとけ》の宴《うたげ》 宴の始末《しまつ》 (上)(中)(下)
京極夏彦　分冊文庫版 陰摩羅鬼《おんもらき》の瑕《きず》 (上)(中)(下)
京極夏彦　分冊文庫版 邪魅《じゃみ》の雫 (上)(中)(下)
京極夏彦　分冊文庫版 ルー＝ガルー〈忌避すべき狼〉 (上)(下)
京極夏彦　分冊文庫版 ルー＝ガルー2〈インクブス×スクブス 相容れぬ夢魔〉 (上)(下)
京極夏彦・原作 志水アキ・漫画　コミック版 姑獲鳥《うぶめ》の夏 (上)(下)
京極夏彦・原作 志水アキ・漫画　コミック版 魍魎《もうりょう》の匣《はこ》 (上)(下)
京極夏彦・原作 志水アキ・漫画　コミック版 狂骨の夢 (上)(下)
北森　鴻　狐　罠
北森　鴻　花の下にて春死なむ
北森　鴻　香菜里屋《カナリヤ》を知っていますか
北森　鴻　親不孝通りラプソディー

北村　薫　盤上の敵
北村　薫　紙魚家崩壊〈九つの謎〉
北村　薫　野球の国のアリス
岸　惠子　30年の物語
木内一裕　藁の楯
木内一裕　水の中の犬
木内一裕　アウト&アウト
木内一裕　キッド
木内一裕　デッドボール
木内一裕　神様の贈り物
木内一裕　喧　嘩　猿
木内一裕　バードドッグ
木内一裕　不愉快犯
木内一裕　嘘ですけど、なにか？
北山猛邦　『クロック城』殺人事件
北山猛邦　『瑠璃城』殺人事件
北山猛邦　『アリス・ミラー城』殺人事件
北山猛邦　『ギロチン城』殺人事件
北山猛邦　私たちが星座を盗んだ理由

北山猛邦　猫柳十一弦の後悔〈不可能犯罪定数〉
北山猛邦　猫柳十一弦の失敗〈探偵助手五箇条〉
北　康利　白洲次郎　占領を背負った男(上)(下)
北　康利　福沢諭吉　国を支えて国を頼らず(上)(下)
北　康利　吉田茂　ポピュリズムに背を向けて(上)(下)
北原尚彦　死美人辻馬車
北尾トロ　テッカ場
樹林　伸　東京ゲンジ物語
貴志祐介　新世界より(上)(中)(下)
北川貴士　マグロはおもしろい〈美味のひみつ、生き様のなぞ〉
木下半太　サバイバー
北原みのり　毒婦。〈木嶋佳苗100日裁判傍聴記〉
北原みのり　木嶋佳苗100日裁判傍聴記〈佐藤優対談収録完全版〉
北　夏輝　恋都の狐さん
北　夏輝　美都《みと》で恋めぐり
北　夏輝　狐さんの恋結び
岸本佐知子 編訳　変愛《ヘンアイ》小説集
岸本佐知子 編　変愛小説集　日本作家編
木原浩勝　文庫版　現世《うつしよ》怪談(一)　主人の帰り

木原浩勝　文庫版　現世怪談(二)　白刃の盾
木原浩勝　増補改訂版　もう一つの「バルス」〈宮崎駿と『天空の城ラピュタ』の時代〉
喜国雅彦　国樹由香　メフィストの漫画
清武英利　石つぶて〈警視庁　二課刑事の残したもの〉
黒岩重吾　新装版　古代史への旅
栗本　薫　新装版　絃《いと》の聖域
栗本　薫　新装版　ぼくらの時代
栗本　薫　新装版　優しい密室
栗本　薫　新装版　鬼面の研究
黒井千次　カーテンコール
黒井千次　日の砦
倉橋由美子　よもつひらさか往還
黒柳徹子　窓ぎわのトットちゃん　新組版
工藤美代子　今朝の骨肉、夕べのみそ汁
倉知　淳　新装版　星降り山荘の殺人
倉知　淳　シュークリーム・パニック
熊谷達也　浜の甚兵衛
鯨　統一郎　タイムスリップ森鷗外
倉阪鬼一郎　大江戸秘脚便

倉阪鬼一郎　娘飛脚を救え〈大江戸秘脚便〉
倉阪鬼一郎　開運十社巡り〈大江戸秘脚便〉
倉阪鬼一郎　決戦、武甲山〈大江戸秘脚便〉
倉阪鬼一郎　八丁堀の忍
倉阪鬼一郎　八丁堀の忍(二)〈大川端の死闘〉
草野たき　ハチミツドロップス
黒田研二　ウェディング・ドレス
黒田研二　ペルソナ探偵
黒田研二　ナナフシの恋〈〜Mimetic Girl〜〉
黒野　耐《たえる》　「たられば」の日本戦争史〈もし真珠湾攻撃がなかったら〉
楠木誠一郎　火除け地蔵〈立ち退き長屋顛末記〉
楠木誠一郎　聞き耳地蔵〈立ち退き長屋顛末記〉
群像 編　12星座小説集
草凪　優　わたしの突然。あの日の出来事。
草凪　優　芯までとけて。最高の私。
桑原水菜　弥次喜多化かし道中
朽木　祥　風の靴
黒木　渚　壁の鹿
栗山圭介　居酒屋ふじ

栗山圭介　国士舘物語
決戦！シリーズ　決戦！関ヶ原
決戦！シリーズ　決戦！大坂城
決戦！シリーズ　決戦！本能寺
決戦！シリーズ　決戦！川中島
決戦！シリーズ　決戦！桶狭間
決戦！シリーズ　決戦！関ヶ原2
小峰　元　アルキメデスは手を汚さない
今野　敏　ST警視庁科学特捜班 エピソード1〈新装版〉
今野　敏　ST警視庁科学特捜班 毒物殺人〈新装版〉
今野　敏　ST警視庁科学特捜班〈黒いモスクワ〉
今野　敏　ST警視庁科学特捜班〈青の調査ファイル〉
今野　敏　ST警視庁科学特捜班〈赤の調査ファイル〉
今野　敏　ST警視庁科学特捜班〈黄の調査ファイル〉
今野　敏　ST警視庁科学特捜班〈緑の調査ファイル〉
今野　敏　ST警視庁科学特捜班〈黒の調査ファイル〉
今野　敏　ST為朝伝説殺人ファイル〈警視庁科学特捜班〉
今野　敏　ST桃太郎伝説殺人ファイル〈警視庁科学特捜班〉
今野　敏　ST沖ノ島伝説殺人ファイル〈警視庁科学特捜班〉
今野　敏　ST化合 エピソード0〈警視庁科学特捜班〉
今野　敏　STプロフェッション〈警視庁科学特捜班〉
今野　敏　ギガース〈宇宙海兵隊〉
今野　敏　ギガース2〈宇宙海兵隊〉
今野　敏　ギガース3〈宇宙海兵隊〉
今野　敏　ギガース4〈宇宙海兵隊〉
今野　敏　ギガース5〈宇宙海兵隊〉
今野　敏　ギガース6〈宇宙海兵隊〉
今野　敏　特殊防諜班 連続誘拐
今野　敏　特殊防諜班 組織報復
今野　敏　特殊防諜班 標的反撃
今野　敏　特殊防諜班 凶星降臨
今野　敏　特殊防諜班 諜報潜入
今野　敏　特殊防諜班 聖域炎上
今野　敏　特殊防諜班 最終特命
今野　敏　茶室殺人伝説
今野　敏　奏者水滸伝 白の暗殺教団
今野　敏　フェイク〈疑惑〉
今野　敏　同　期
今野　敏　欠　落
今野　敏　警視庁FC
今野　敏　継続捜査ゼミ
今野　敏　蓬　莱〈新装版〉
今野　敏　イコン〈新装版〉
後藤正治　天　人〈深代惇郎と新聞の時代〉
幸田　文　崩　れ
幸田　文　台所のおと
幸田　文　季節のかたみ
小池真理子　記憶の隠れ家
小池真理子　美神ミューズ
小池真理子　冬の伽藍
小池真理子　恋愛映画館
小池真理子　ノスタルジア
小池真理子　夏の吐息
小池真理子　千日のマリア
幸田真音　マネー・ハッキング
幸田真音　日本国債(上)(下)〈改訂最新版〉
幸田真音　eの悲劇〈IT革命の光と影〉

2019年9月15日現在